追憶の森

THE SEA OF TREES

目次

ぼくは他力本願な人間だ。

意志がない、わけではない。意志はある。むしろ、頑固な部類に入るかもしれない。

他人に流されやすいわけではなく、物事の最初に自分からは動かないタイプなのである。

だれかが事を起こすのを待っている。いや、相手は人間に限らない。天候などの自然現象も無意識のうちにアテにしている。

晴れていればハッピーな気持ちが咲く。雨が降ればこころに憂いが灯る。単純だ。そのいずれをも受け入れたいと思う。

なにがいい、なにが悪い、ということはない。どんなことであれ、自分という生きものに、なんらかの作用がある。それは、きわめて有機的な出来事なのだと考えている。

だれかがやって来る。なにかがやって来る。それを期待している。

自分から向かっていくことはない。ただ、だれかが、なにかが訪れたとき、ぼくの意志は浮かび上がる。

どうしたいのか。どこに向かいたいのか。それがわかるときも、それがわからないときも、等しく、ぼくの意志は試されている。

自分のありように情けなくなることもたくさんあるが、それがぼくなのだから仕方がない。

切り拓くのは、ぼくではない。

切り拓くのは、だれかだ。

切り拓くのは、なにかだ。

これが、ぼくが考える他力本願ということだ。

第一章　出逢い

いま、運転している。

ぼくが車を運転しているのではなく、車がぼくに運転させているように感じる。

これまでもそういうことはたくさんあった。

だが、今日は格別だ。その理由ははっきりしている。

車が駐車場の入口に吸い込まれていく。自分で移動させているのではなく、車が自らの意志で滑り込んでいるように思う。ぼくはドライバーではなく、助手席にただ座っているだけなのかもしれない。

前の車がなかなか動かないことに、なぜか安堵している。

やがてセーフティバーが上がり、前の車が発進する。知覚しているはずのその様子が、スロウモーションに映る。後ろの車がクラクションを鳴らす。はやく進め、ということなのだろう。急かす、その音さえもゆっくりに聞こえる。

駐車券のお取り忘れにご注意ください。お支払いはお帰りの際、自動精算機をご利用ください。

駐車券発行ボタンを押すと、自動音声が流れ出る。その声が、とても人間的に思える。自分はいま、とてもぼんやりしているのだろう。お帰りの際。そのことばを口のなかでリフレインして、微かに笑う。お帰りの際、か。

駐車券を取ると、バーが上がる。

そうした光景も、ぼくが機械を動かしているのではなく、ぼくが機械に動かされている気分になる。支配されている感覚は、すごく心地よい。

駐車場の屋上まで行くと、ほとんどがら空きだった。

エンジンを切る。ドアを開ける。

キーはイグニッションに挿したままだから、ロックはできない、いや、しない。

手ぶらで外に出る。

空港にはたくさんの旅行客がひしめきあっていた。

国際線の列に並ぶ。

アジア人の四人家族が前にいる。女の子がぼくを見つめている。

こんなとき、すぐに愛想笑いすら浮かべることができない自分を不甲斐なく思う。今日だけじゃない。ぼくはこれまでも、そんなふうに生きてきた。

フロントが威勢のいい声でチケットカウンターにぼくを呼ぶ。

「こんにちは」

久しぶりに、ほんとうの人間の声を耳にした。だが、こころのかたちがそれで変わるわけではない。

「アーサー・ブレナン」

ぼくはパスポートを置きながら名乗る。

「どちらへご出発ですか、ミスター・ブレナン」

フレンドリーな女性の問いかけにも、あくまでも事務的に答える。

「東京」

彼女はキーボードを叩くが、ぼくの情報をすぐに見つけることができない。

「あの……航空券をご予約されたのは、いつですか?」

「昨夜」

「ああ、それで」

かつてのぼくなら、その声に苛ついていたかもしれない。だが、今日はそうじゃない。さっきまでと、なにも変わることがない。

「ありました」

しばしのちにフロントはぼくの情報を発見した。

「お帰りの便もご予約されますか」

お帰りの便。また、お帰り、か。こころのなかで笑う。だが、おそらく、口元さえ歪んではいないだろう。

ぼくは、無言で首を振るだけだ。

「では、お預け荷物をこちらへお願いいたします」

なぜだ。なぜ、そんなことを言う。

「お客様?」

見たらわかるじゃないか。

「荷物はない」

「手荷物だけですね。わかりました」

いや、手荷物すらない。

だが、わざわざそれを口にすることもない。別にかまわない。

彼女は職務に忠実なだけだ。マニュアルという職務に。

「手続き完了です。ご出発は43番ゲートから。1時間後には搭乗を開始します」

航空券を受け取る。

手荷物検査の列に加わる。

空港での手続きについては、今日のぼくじゃなくても、世界中のだれもが同じことを感じているに違いない。

ぼくたちは、自主的に移動しているわけではなく、空港という空間に象徴される見えない大きな力によって「移動させられている」のではないか。

ベルトコンベアで運ばれてゆくような諸々の手続きは、そのことを、その都度、ぼくたちに確認させるために存在しているのかもしれない。

ポケットから、小さな薬瓶を取り出し、検査トレイに置く。

そして、もうひとつ、未開封のマニラ封筒も。

処方済みの薬と、中身のわからない封筒。

明瞭なものと、不明瞭なもの。

このふたつが、いまのぼくにとって、いちばん大切なものだ。

トレイが、金属探知機をくぐり抜けてゆく。その光景があることを想起させる。が、そのことは考えないようにする。

検査を終え、ポケットに仕舞う。大切なものだからこそ、無造作に仕舞う。

　ジェット機へと向かうボーディング・ブリッジにはたくさんのアジア人がいる。

　日本人なのだろう。彼ら彼女らはこれから帰国するところなのだ。

「コンニチハ」

　旅客機入口の日本人客室乗務員が、日本語で出迎える。ぼくでも知っている、日本の挨拶のひとつだ。どんなときでも「コンニチハ」と言っておけばいい、と聞いたことがある。もっとも、ぼくは観光のために日本に出かけるわけではない。

　自分の席を見つけ、座る。離陸するとほどなく、ほとんどの乗客は眠りについていった。

　静けさのなか、ぼくの席の読書灯はそのまま。読むものなどなにもないが、明かりを消したくはなかった。

　明かりが、左手の結婚指輪を照らしている。自然に目がいく。なにも考えないようにして、見つめる。ただ、視界が捉えただけのことだ。そう言い聞かせる。

「お食事はいかがですか」

カートを押す客室乗務員に声をかけられ、少しだけハッとする。

「チキンもしくは、日本食をご用意しています」

トンネルを抜けたとき、詰まった耳がもとに戻るような感覚。

「腹は減ってない」

「お飲物は？」

「結構」

眠りについた機内を、カートが去ってゆく。

目を瞑ってみる。

顔面を照らす読書灯がまぶしい。

だが、すぐそばにあるはずの読書灯のスイッチに指が向かわない。

そのまま光を浴びつづける。

だが、そうしたくてそうしているのか、どうすることもできないから
そのままにしているのか、自分でもよくわからない。
考えてみると、ぼくはずっと、そんなふうに生きてきたのかもしれない。

そうしたいからそうしている。

どうすることもできないからそのままにしている。

本来なら、はっきりしているはずの、このふたつの違いを、はっきりさせないまま生きてきたような気がする。

つまりは。

責任回避だ。

だけど。

未決定を生きてきたぼくは、いまようやくひとつの決定を自分で下そうとしている。

とるに足らない、小さな決定かもしれないけれど、この決定は最初で

最後の決定だということだけは、はっきりしている。

成田空港に降り立ち、成田エクスプレスに乗車する。列車を三回乗り換え、河口湖駅に着いた。空港から四時間以上もかかる。

新宿駅で迷い、通りかかった若い女性に尋ねると、流暢な英語で教えてくれた。

「河口湖に行くならバスのほうが便利ですよ。停留所までお送りします」

だが、ぼくは電車にこだわった。

律儀な彼女は、ぼくが乗るべきホームまで案内してくれた。そこまでの短いあいだ、少しだけ話をする。

アメリカにホームステイしていたことがあるのだという。どこの州かはあえて訊かなかった。

「あなたの国は、わたしにとって第二の故郷です。アメリカにも、わたしのパパとママがいます」

「ありがとう。もしよかったら、名前を教えてくれないか。ぼくはアーサー、アーサー・ブレナン」

「アキヤマと申します」

「アキヤマ?」

それはファーストネームなのか? それとも苗字なのか?

彼女はこう答えた。

「英語に訳すと、『秋の山』。日本では『コーヨー』と呼ぶのですが、山は秋がいちばん美しい季節ですよね。あ、ここです」

「ありがとう、アキヤマさん」

「いってらっしゃい、アーサー。また別の季節にお逢いしましょう」

久しぶりに、人間らしい会話をした。

彼女は、イエローのカーディガンを羽織っていた。

日本の象徴といっていいかもしれない山。

富士山がどんどん近づいてくる。ぼくを迎えるように。

流れゆく車窓の風景のなかで、富士山だけが自分と一緒にいるように思える。

「お月さまはどうして、ぼくが歩いても歩いても、一緒についてくるの？」

幼いころ、夜空に浮かぶ月が自分と併走しているような気がして尋ねたことがある。父はこう答えた。

「お月さんが、アーサーのことを好きだからだよ」

「やめて。アーサーに非現実的なことを教えるのは」

そう言い合いながら笑っていた両親も、もうこの世にはいない。

河口湖駅からタクシーに乗り、目的の国立公園の入口まで行く。

タクシーは駐車場の前で停車し、ぼくは降りた。

木の柵があり、その向こうには針葉樹林が見える。

さっき駅で買ったミネラルウォーターのペットボトルを片手に、未舗装の駐車場に入る。

だれもいない。

やがて地面が砂利から土に変わり、みるみるうちに湿り気を帯びた空気に取り囲まれる。

森の道を歩く。

静かな静かな森を往く。

木はどれも痩せている。ほとんどの木に枝はなく、ただ長い棒切れが立っているだけに思える。

踏み固められた道の土台にあるのは火山岩だ。だから、足音が響く。

その足音の響きを耳にして、ようやく野生動物の声さえないことに気づく。

風の音さえ聞こえない。

鬱蒼とした真空。
まだ、森の入口なのに、静寂を痛感する。
やがて、いくつかの看板があらわれる。
それらは日本語だけでなく、英語でも記されている。
もう一度、よく考えてください。家族のことを。
ひとりで悩まず、まず専門家にご相談を。
あなたの人生は、ご両親からのかけがえのない贈りもの。
立ち止まらなくても、一瞬で理解できる文言ばかりだ。
だから、だれも立ち止まって、引き返したりはしないだろう。
ぼくもまた、歩きつづける。
空の存在がどんどん感じられなくなる。
まだ日が暮れる時間ではない。だが、みるみるうちに気温は低下していく。
看板を通過してから、見るものすべてが自然の産物だったが、ふいに人工物があらわれた。

紐が一本、木に結び付けられ、森の奥へと伸びている。

木から木へと、紐がわたされている。

その行方を目で追うと、ほかにも同じような紐がいくつかある。

これは、どんな風習なんだ？

日本では、こんな森のなかで祭りをおこなうのか？

そんな好奇心が、自分のなかにまだ残っていたことに少し驚く。

紐は、色も形状もさまざまで統一感がない。だが、紐が、樹木と樹木のあいだをつなぐ目的で使われていることだけは共通している。

だが、立ち止まる必要はない。

ただ、歩きつづけるだけだ。


やがて、それら紐たちも姿を消した。

徐々に寒さが身に沁みてくる。

足場はどんどん悪くなる。

さっきより、足元を見ながら歩いていると、異物に遭遇した。

それは、見たことのない物体だった。

一本の木の根元に、ぐにゃりと曲がり、原形を留めていないほど腐敗したただれかの死体があった。身につけていたらしい衣服はボロボロだが、それがあることで、かろうじて、彼が、あるいは彼女が、かつて人間であったことが理解できる。

彼は、彼女は、いったい、いつからここに、ひとりでいるのだろう。

異臭はない。

森の澄みきった空気はなんら変化することなく、静かにここにある。

出逢って当然のものに出逢っただけのこと。

ぼくは、歩みのペースを落とすことなく、先に進んだ。

大した距離ではないと思いつつも、未知の森を彷徨う緊張があるからだろう。既に疲れを感じている。

気を紛らわせるように、大きく息を吸い込む。

肺が冷たくなる。

道の表面がグロテスクに変化してきた。

つる草や根が、火山岩と木々に絡みつき、混沌とした宇宙を形成している。

人間など、まったく無関係に、生まれ育ち、交わり結びつく、その生命の獰猛なありように圧倒される。

美しい、などという呑気な形容を鋭く拒む、強靭な沈黙。

もはやそれは道ではない。

たまたま歩くことが可能なだけの、森の一部分だ。

ぼくは、歩いているのではない。

歩かせてもらっているだけだ。

唐突に視界が開いた。

見晴らしのよい場所が出現する。
空がある。富士山も見える。風も感じる。木々から圧迫感が薄れる。
ここなら。
一本の木の根元に腰かける。
ここならいいんじゃないか。
懐から、薬瓶を取り出す。蓋を回す音ものびのびとしている。
てのひらにひとつ載せて、口内に放り込む。
ペットボトルの蓋も開け、水とともに飲みこむ。
ようやく一息つく。
やっと、日本という国に辿り着いた気がする。
ぼくは、「ここ」に来ようとしていたのだ。
同じ手順を繰り返す。
薬をひとつてのひらに載せ、口のなかに入れる。ペットボトルの水を喉に流し入れる。

何度か、同じことをつづける。飲み下すことが、だんだん大変になっていく。

面倒になって、一気にまとめててのひらに載せる。勢いあまって、地面にいくつかこぼれる。が、気にしない。

もうそろそろ。

コートから未開封の封筒を取り出す。

いいだろう。

封筒に書かれている宛名を見つめる。

もういいよね。開けるよ。

ぼくは、こころのなかで、宛名の主に語りかけた。


そのときだった。

音が聞こえた。

生きものの音が。

久しく耳にしていないが、動物の鳴き声？
いや、違う……
すすり泣くような、音だ……
これは、人間の泣き声だ……
ぼくの手は止まり、耳をすませている。
そして、あたりを見回す。
しかし、なにも見えない、見あたらない。
きっと、気のせいだ。
ひと恋しくなっているだけだろう、未練というやつだ、われながら情けない。
ぼくは首を振ると、いま一度、封筒に向き直る。
さあ、開けてしまおう。
ところが、今度は違う音が聞こえた。
ゆっくりゆっくり迫ってくるような、その音。

足音だ。

近づいている。

不思議と恐怖はなかった。

動物ではない。おそらく人間だが、自分に危害を与えるような存在ではない。

なんの根拠もなく、身体が、肌が、そう感じている。

こわがらなくてよいと。

振り返る。

視界をさえぎる茂みの向こうに、人影が見え隠れする。

ふらつく足元。おぼつかない歩行。

そのかたちには、ジグザグの明瞭さがあるわけでも、カーブを描く安定性があるわけでもなかった。

男だった。

ぼくよりは年長であろう中年男。

この国のひと。つまり、日本人。
蛇行するように進みながらも、彼は刻一刻とぼくのそばにやって来た。
そして、ここにいるアメリカ人には気にも留めずに、通り過ぎた。
たしかに男は泣いていた。そして、その手はひどく震えていた。
彼の後ろ姿を見送りながら、ぼくは考える。
自分にできることがあるのではないか？
だが、いま、そんなことをしている場合か？
そもそも、自分は、そんなことをするために、ここにやって来たのか？
この樹の海《sea of trees》に来たのは、なんのためだ？
おびただしい自問の波が訪れる。
できることはあるかもしれないが、いまそれをするべきではない。
自分には、他にするべきことがある。

自分がここにやって来た目的は充分理解している、それを完遂するつもりだ。

わかっている、そうでなければ、わざわざ樹の海には入らない。

自問のひとつひとつに、自答を返して、溺れないようにする。

冷静であろうとする。

だが、男の泣き声がくぐもったことで、居ても立ってもいられなくなる。

見やると彼は、膝をつき、前屈みになって、咽び泣いていた。

ぼくは、封筒を地面に置き、薬瓶をポケットに放り込み、ペットボトルを掴むと立ち上がった。用を済ませたら、また「ここ」に戻ってくればいい。

相手を刺激しないよう、ゆっくり近づいていく。

慎重に動いてはいるが、危険はなにも感じていない。

傷ついているひとが目の前にいる。手を差し伸べるのは当然のことだ。ぼくが、なんのためにここを訪れたかは、それとはまったく別のこと。いまは、まず、自分がすべきこと、つまり、それは、自分がしたいと思うことなのだから、そうしたっていい。自分で自分を縛らなくていい。

男はスーツに身を包んでおり、その衣服はかなりくたびれている。放浪の果てに、傷んだのか、それとも、もともと傷んでいたのか。おそらく両方に違いない。ひとは、一張羅で、樹の海になんて来ないだろう。

彼は、泣きながら、なにかぶつぶつ言いながら立ち上がり、歩きはじめた。

日本語であることもさることながら、あまりにか細い声で、まったく聴き取れない。

背中を丸めた男の身体から、かなしい音がただただ漏れ伝わってくるばかりだ。

「あの……」

こんなとき、なんと声をかければいいのだろう。

「ちょっと……」

そもそも自分から声をかけることが苦手だ。

自分で、自分の責任をとることから、こころのどこかで、逃げているからだろう。

聞こえているのか、いないのか、反応はない。

追いかける。

よろよろしながら、男は森へと吸い込まれてゆく。

少し急ぎ足で、男に近づきながら、もう一度、声を出してみた。

「ちょっと……」

さあ、ちゃんと言え。

「大丈夫ですか?」

伝えようという意識でことばを発すると、彼は立ち止まった。

そうして、振り返る。

疲労困憊した顔が、そこにあった。

唇が紫色になっている。肌は凍てつき、眼球はなす術もなく血走っている。

「ドウカ、タスケテ……」

右手を伸ばしながら、そう口にする。

「ゴショウダカラ、タスケテクダサイ……」

おそらく助けを求めているのだろう。だが。

「ぼくは、あなたのことばがわからない……」

彼は、ぼくの言語を受け取ると、さっきよりはやや落ち着いた調子で、英語を話しはじめた。

ネイティヴとは較べものにならないが、聴き取りやすい話し方だ。

「頼む。助けてくれ」

日本語よりも力強く感じる。

男は倒れ込むように、ぼくにすがりついた。

濡れている。

それがなにかはすぐにわかった。

彼の腕をとると、その両手首には深い切り傷があった。古い血と、新しい血が混じり合っていた。つまり、乾いた血と、いま流れ出たばかりの血が。

「これは」

問うつもりもなく、つい口走る。だが、男は別なものを見ていた。

「水を……」

そうか。ペットボトルか。

「ああ、これ、ほら」

渡すや否や、喉をシャワーするように、水を注ぎ込む。ものすごい勢いだ。

「おいおい、こっちも水は必要なんだぞ」

不平ではなく、そんなことばを繰り出すことで、相手との距離が少しでも縮まれば、と思う。

こんなとき、水は気付け薬にもなるのだろう。男は人心地ついたのか、少しだけ穏やかな表情になって、ペットボトルをぼくに返した。

「迷ったのか?」

できるだけブロークンに尋ねる。

そのほうが英語が伝わりやすいということもあるが、いまの男と自分にとっては、そんなことばのほうがふさわしいと思った。

「帰り道がわからない」

彼はぶっきらぼうに答えた。

「帰り道はあっちだ」

ぼくが来た道を戻れば、あの駐車場に出るはず。ただ、逆に進めばそれでいいだけのことだ。

「助けてくれ。頼むから」

また、同じことばを繰り返す。

彼のなかの混乱はおさまったかに思えたが、そうでもない様子。

「だから、こうやって手助けしている。こっちに進めば森を抜けられる。大丈夫だ」

これ以上、ぼくにできることはないように思えた。

新宿駅で出逢ったあの若い女性のように、駐車場まで同行するのが最善だとは思うが、さすがにそんな気分にはなれなかった。

さっきいた場所には戻るが、ぼくは引き返すわけにはいかないのだ。

あっちだ。もう一度、手で方向を示す。

男が動くのを待つ。

彼もぼくの真意を察したのだろう。まだ、すがりたそうではあったが、それ以上なにも言わず、間もなくゆっくり歩きはじめた。

彼の背中を見送りながら、ぼくも封筒を置いた場所に向かった。

ところが。

ひとしきり歩いても、さっき、歩いてきたはずの道が見つからない。

どこだ？

封筒を置いた、あの根元はどこにある？

男に気をとられていたせいもあるし、日が落ちてきたからでもあるが、四方八方、どこに向かっても、その風景に見覚えがない。どれも同じに映る。

ここまで歩いてきたはずなのに、歩いてきたという事実がぐらぐら揺らいでいた。

ぼくは、どこを、どうやって歩いてきたんだ？

つまり、こういうことだ。

道に迷った。

結論は呆気なく訪れた。

その結論に、憤りを感じたわけではないし、苛々していたわけでもなかった。そうか、そうなのか、という脱力感だけがあった。

現状を受け入れればいいだけのことだ。いつもそうしてきたではないか。

日本の、樹の海にいるからといって、自分のこれまでのやり方を変える必要もない。変えなくたっていいんだ。

なるようになるだけ。

あの場所が見つかればいいが、過度な期待を寄せるのはやめよう。

ぼくの、本来の目的は別なところにあるのだから。

肉体とは別の疲れを少し感じながら、それでも歩きはじめる。できるだけペースを落とさず、乱さず、歩いてゆく。

やがて、気がつくと、男も近くを歩いていた。なんてことだ。

迷っているのか、そうでないのか、もはやそれは彼にとってどうでもいいことなのだろう。

咽ぶ声は、以前よりも激しく鋭くなっているように思えた。音量としては後退していることで、むしろこちらの耳に迫るものがある。

森の静寂が、彼のくぐもった声を、浮き彫りにしていた。

ふたつの手で、胸をおさえている。そうすることでしか自分を保てない様子が見てとれた。

聞こえてくるのは日本語ばかり。意味はわからない。だが、だからこそ、彼の感情のバロメータを体感できるような気がした。

距離があるとはいえ、ふたりで並んで歩いているようなものだ。

ふと、立ち止まる。

そうすると、男も立ち止まる。

まるで影法師のように。

彼を見る。

彼も、ぼくを見る。

不思議な気持ちになる。

ぼくたちは、なにをしてるんだ?

樹の海を訪れた者同士が、こんなふうに見つめ合うだなんて。馬鹿馬鹿しい。

ため息をつくと、少し歩調を速めた。

気にするつもりなどない。

そう思いながらも、先頭を走るマラソンランナーのように、ときおり後ろを振り返る。彼は、やっとの思いでぼくについてきている。

その表情よりも、荒んだスーツ姿が不憫になる。

「だれかと一緒に来たのか？」

「すごく寒い……」

呻いたことばが、憐れみを喚起する。

ぼくは、着ていたベージュのコートを脱ぎ、男の肩にかけた。彼は拒むことなく、上着を羽織った。

「これでいい」

大丈夫、というかわりに、できるだけ明るく言った。

彼はなにも言わない。

「連れがいるのか？」

もう一度訊く。

男は黙って首を振った。

彼の手首をさしながら、ぼくは言う。

「こんな状態では、これ以上は行けない。あんたは道を戻るべきだ」

ぼくについて来てもしょうがない。

「見つからない」

「さっき、言っただろう……あのへんだよ、あのへん……」

迷っていることは自覚している。だから、まるで自信はないのだが、
そう繰り返す。

「あの丘の向こうにあるはずだ」

男は、さっきと同じように首を振る。精気を完全に失った表情のままで。

「じゃあ、こっちだ」

別な方向を示す。

「そっちも行った。だけど、道は見つからなかったんだ」

ようやく発した声が、あることを気づかせた。

「そうか。あんたは、この森を出たくないんだな」

隠さず、思ったことを口にした。

「出たいさ」

即答だった。思いがけないほどにカジュアルな口調だった。

「だって、ひとりで来たんだろ?」

だったら、目的はぼくと一緒のはずだ。

「頼むよ。家に帰りたい。家族の許に帰りたいんだ」

だとしたら、心変わりしたということか。

「携帯電話は?」

「やってみたが、つながらなかった」

「そうか。お手上げだな」

「そんなこと言わないでくれ……」

男の懇願に、少し苛つく。

「助けたくないわけじゃない。ただ無理なだけだ」

「妻と子供に逢えるよう、力をかしてくれ」

単刀直入な物言いだった。だから、こっちもつい本音が出た。

「ぼくは、あんたを助けるためにここに来たんじゃない」

「ゴショウ、ダカラ……」

彼は日本語を語りながら、手を合わせた。

わかった。わかったよ。

あんたを、連れて行く。あの駐車場まで。自分のことはそのあとでいい。

夜が迫っている。気温がどんどん下がるのを感じる。

「気をつけて」

「ハイ」

大きな根を跨ぐだけでも辛そうだ。男の疲労はかなりのところまできている。

手助けができるときはする。彼の身体を支えると、その「軽さ」に不安になる。見た目より華奢で、心配せずにはいられない。

「車、ひとりで運転してきたのか？」

「いや」

「じゃあ、どうやって病院に行くつもりだ？」

「どうにかするよ」

「……そうか」

それ以上、会話がつづかなかった。

徐々に確実に暗くなっている。

「道だ」

前方に、人間が踏み固めたと思われる「線」が見えた。

「ほんとうか?」

「ほら、あそこ」

「ああ! ほんとうだ! 道がある!」

男のうれしそうな声を初めて聞いた。無邪気な、子供のような声だった。

ぼくたちは、できるだけ急ぎ足で、できるだけ近道をしながら、道をめざした。そして、想像以上に早く、「そこ」に辿り着いた。

「この道を行けば、駐車場に出るだろう」

「ありがとう。恩に着る」

彼は興奮気味にぼくの両腕を握った。

「いいってこと。さあ、行って」

「そうさせてもらうよ。じゃあね」

男はぼくのコートを脱ごうとする。

「いいんだ。着ていてくれ。まだ、結構歩くことになるんだから」

「でも……」

「いいかい？　これが道だ。さあ、行くんだ」

ぼくは、彼が進むべき方向に向かって、彼の背中を押した。

すると、男は日本語でなにごとかをつぶやいた。おそらく喜びの表現なのだろう。そうして歩いてゆく彼を見て、安堵が訪れた。

さてと。

ぼくはぼくで逆方向に歩き出す。

だが、間もなく、「忘れ物」に気づいた。

ポケットに入れたつもりの「あれ」がない……ということは、コートに入れたままだったのだ。

「おーい」

振り返り、彼を呼ぶ。が、姿が見えない。

いや、まだそんなに遠くに行ったわけではないだろう。さっき別れたばかりだ。

「待ってくれー」

あとを追うと、間もなく彼の後ろ姿を見つけた。

男は背を向けたまま立ち止まっている。こちらの呼びかけに応じることもないままに。

ぼくは駆け寄ると、その背中に声をかけた。

「ちょっと、忘れ物しちゃってね……そのコートに……」

そのとき、ようやく気づいた。

あるはずの道が途絶えていた。つづいていたはずの線が途絶えていた。

男の顔を見ると、口を開けたまま、静止していた。彼方を睨みつけながら。

「この道じゃ、ない」

ぼくが言おうとしたことを、彼はきっぱり言い放った。

第二章　諍い

彼女が運転している。

ぼくは助手席に座っている。

車窓から見えるのは、流れゆく夜の街。

さっきガソリンスタンドにいるとき、彼女は仕事の電話をしていた。そのモードが、携帯を手ばなしたいまもつづいている。

「明日、もう一件、仕事があるの」

「ああ、そうみたいだね。順調なようでなによりだ」

電話は聞こえていたよ、という代わりに、他人行儀な言い方をあえてする。わざとじゃない。嫌味のつもりもない。そんなふうにしか答えられないから、そう答えている。

「大学からそう遠くないところよ。終わったら、寄ろうかしら」

面倒だな。

「明日は、ちょっと忙しくて」

それは嘘じゃない。

「職員会議でもあるの？」

ある。

「職員会議に授業がふたつ。あと、代役で試験監督も」

彼女はかまわずこう言った。

「じゃあ、ちょっとだけランチでもどう？　途中でなにか買っていくわ」

「……時間がないよ」

「そう……」

一瞬の沈黙。

「ちょっと思いついただけだから。気にしないで」

申し訳ないが、明日、仕事の合間に一緒に食事をとりたいとは思わなかった。鬱陶しく思っているわけではない。ただ、面倒なだけだった。いまは、黙って窓の外を眺めていたかった。明日のことなど、考えたくない。きみとぼくの明日のことなど。

だが、ぼくにとっては居心地のいい沈黙も、彼女にとってはそうではなかった。彼女は、ぼくと知り合った頃から、どこか沈黙をおそれているようなところがあった。特別おしゃべりなわけではないが、沈黙が訪れることから逃げている素振りが見受けられた。

静かな時間はすぐに破られる。

「ねえ、そこに口紅があるはずなんだけど、見てくれない?」

言われるまま、助手席のグローブボックスを開け、手で探る。

「ないよ」

ボックスを閉めた。

バタン。その音が気に入らなかったらしく彼女はすぐに「よく見た?」と切り返した。

「ああ。なかったよ」

今度は彼女が、嫌いなはずの沈黙を自ら作り出した。しかし、その沈黙にもやはり耐えかね、今度はボックスに手を伸ばし、開けた。片手運転。

　やめてくれよ、ジョーン……

　荒っぽくガサガサやったかと思うと、すぐに口紅を手にとり、勢いよくボードを閉めた。バタン。ぼくが立てた音よりずっと大きく。

「見えなかった」

　反射的に言い訳をするぼく。

「見なかったからよ」

　その通りだ。たしかにその通りだけど……

「ぼくを監視してたのか？」

　むかつく。

「もういいわ」

　だったら、最初から自分で開ければよかったじゃないか。

「ベーキングパウダーのときもそうだったわね」

　また、それだ。

「根に持つんだな」

「パウダーは、あなたの目の前にあった」

勘弁してくれ、ジョーン。

「まさか、こんなことで本気で喧嘩する気かい?」

「気にしてないのね」

「なにを?」

なんの話だ? なにが言いたい?

「いつだって、あなたの気持ちはどこか別なところにあるのね」

そうくるのかい?

「なあ、どうして、口紅を見つけられなかったか、わかるかい?」

彼女に口を挟ませないように、ぼくは畳みかけた。

「もっと、根本的なことを考えていたからさ」

「なによ、言ってみなさいよ」

彼女には昔から負けん気がある。

「きみがときどき厄介なことを言い出すのは……」

もうひとりのアーサー・ブレナンが「やめたほうがいい」とささやく。だが、ぼくの鼓動はおさまらない。

「自分にはそうする権利があると思ってるからだろ？」

必要以上に挑発的な言い方をすると、彼女は口をつぐんだ。けれども、やはり、彼女には沈黙への耐久性がない。

「つまり、こういうことね……」

この前置きは、彼女が反撃するときの、構えだ。

「どういうことだって？」

受けて立とうじゃないか。

「今夜、どんなふうに振る舞えばいいか考えてるんでしょ？　自分が、いかに頭がよくて、魅力的に見えるには、どんな話をしたらいいかということを」

彼女にしてみれば冗談のつもりなのかもしれない。だが、その言い方が癇にさわる。あなたのことなんて、すべてお見通しよ、と言わんばかりの口ぶりだ。

「……来たくなければ、来なきゃよかったんだ……」

そう絞り出すのが精一杯だった。

ジョーンはぼくの捨て台詞を吟味して、静かにこう言った。

「帰りは運転して」

負けるのはいつもぼくだ。

ぼくの同僚四人との食事会。

そう頻繁にあるわけではない。あるときはジョーンも顔を出してくれる。

ギル・クレイマーが言う。

「つまるところ、ぼくの計算が間違っていたんだろう」

ガブリエラ・ラフォルテが応じる。

「でも、突き返された理由だけはわかるんじゃない？」

「まあね」とギル。

「再提出するつもり？」とガブリエラ。

「おそらくね。まだわからないけど」

ギルとガブリエラの会話に興味はなかった。が、ポール・ウェスコットが訊いてくる。

「きみはどうなんだい？　アーサー」

四人の目がぼくに向く。

「論文のことか？」

「そう」

「メジャーな雑誌ではないけど、たぶん載ると思うよ」

「あら、すごいじゃない」

ガブリエラが褒める。

ジョーンは、自分より五歳若い彼女をじっと見ている。

マリアン・ウェスコット、つまりポールの妻がこの話題を継続する。

「ジョーン、彼の論文、読んだ？」

「いいえ」

ジョーンがワイングラスを傾けながら即答する。この場と同じくらい、夫の論文には興味がないわ、と言わんばかりに。

一気にテーブルが冷え込む。

「ごめんなさい」

固まった空気を前に、彼女は冷静に謝った。

「あら、いいのよ」

マリアンが明るく応じる。

ポールが、いつものように場を和ませようとする。

「ところで、住宅業界は上向きのようだね」

ジョーンが属する不動産業界の話題に切り替える。

「そんなところよ」

しかし、ジョーンはポールの気遣いを無駄にする。いとも呆気なく。

「……他のチャンスを探したほうがいいんじゃないかって思うの。論文発表なんかに時間を無駄遣いするんじゃなくて」

おい、正気か。ここにいるのは、ぼくも含めて全員、学者だぞ。なんて言い草だ。

「それなりの雑誌に論文が掲載されれば、非常勤講師の肩書にも箔がつくわよ」

ガブリエラが落ち着いた調子でジョーンをなだめる。

だが、ジョーンがそのままフェイドアウトするはずがなかった。

「転職にも箔がつくわ」

「よさないか……」

ぼくは学者の端くれとしてではなく、彼女の夫として最低限のたしなめをおこなう。あくまでも小声で。

「よすって、なにを？」

ジョーン、声が大きすぎるよ。

「やめてくれないか」

ぼくも、もう小声ではいられなかった。

途端に、彼女は真顔でぼくに向き直った。

「妻が、身を粉にして働いて、自分はインテリのふりをする。それでいいと思ってるのね？」

ワインを飲みすぎた女性の戯言の領域を大きく逸脱していた。とっくの昔に。

ぼくは、テーブルの下で彼女の手を握った。できるだけ愛情をこめてふれたつもりだったが、そう受け取ってはもらえなかった。

ジョーンは、ぼくの手を嫌がり、払いのけた。テーブルが揺れ、ワイングラスが倒れそうになる。

ぼくの哀れな同僚たちはさすがに、もはや成す術がなく黙りこくった。

ぼくの哀れな妻は、わずかに残っていた赤ワインを飲み干すと、夫を睨んだ。

ジ・エンド。

「悪いね」

立ち上がると、ブレナン夫妻は退席した。

約束通り、ぼくが運転した帰り道、ふたりは一言も口をきかなかった。

帰宅するなり、ダムが決壊した。

車のキーをテーブルに投げつける。フックにジャケットをかける。ジョーンはそのジャケットを掴み、床に投げつける。物に当たるな！

「きみっていうひとは、信じがたいね」

極力、冷静に言う。

「地獄に堕ちて」

取り繕いもせずに、彼女は口走る。

ジョーンはホワイトボードに向かい、ぼくがそこに記した物理方程式を指でぐちゃぐちゃにする。物に当たるな！

「いいさ、やれよ……ぼくの研究をぶっ潰せばいい」

「研究ですって？　ちょっと、しっかりしてよ、アーサー。あなた、いつまで短大講師でいるつもりなの？　ちょっと、わたしの手を掴まないで！」

なだめたつもりが逆にヒステリックな声を招いた。

全部が裏目だ。

彼女は大好きなカリフォルニアワインを、勢いよくコップに注いだ。

ワイングラスではなく、コップに。

「わかってる、あなた、感心してもらいたかったんでしょ？」

「なんの話だ？」

「自制のきく男だって、あの女に見せたかったのよね」

ガブリエラのことか。

「だからよね、忙しくて、わたしとランチする時間もないのは」

「そんなふうじゃ、きみは駄目になる……」

「そんなふうって、どんなふう？　老いぼれて、見苦しくなっていくってこと？」

ジョーン、きみはそんな女性じゃないはずだ。きみは、誇り高く輝いてる女性だ。自分とだれかを較べたりする女性じゃない。

「……ジョーン、明日は午前から、客に物件を見せるんだろう？　もう寝たほうがいいよ」

優しく冷静に言ったつもりだった。

これ以上、喧嘩をしても状況は悪くしかならない。

ぼくは二階の寝室に向かった。ジョーンが大声を出す。

「大丈夫よ！　明るく前向きに接客するから！　そして、夜の七時まであくせく働くから！　いつものように！」
振り返ると彼女は、コップのなかの赤い液体を一気に身体に流し込んだ。
ぼくは目を瞑った。
叫びたい衝動に駆られたが、我慢した。
自分のなかで、嵐が過ぎ去るのを待った。
深呼吸ができずに、息を止めることしかできなかった。
息を殺していると、疲れが襲ってきた。
身体が、なにより、精神が、疲労していた。
ゆっくり、できるだけゆっくり階段を登った。

別な夜。
帰宅すると彼女はスーツ姿のままソファに横たわり、寝息を立てていた。傍らのテーブルに置かれたノートパソコンが発光し、その寝顔を照らしている。

メールチェックしながら眠ってしまったのだろう。かつては家に帰ればすぐに部屋着に着替える彼女だったが、ここ数年でこんな姿は珍しいものではなくなっていた。

彼女を起こさないように、靴音を立てず、ゆっくり近づく。

靴を脱がし、両脚を楽な位置に動かす。ストッキングに包まれた小さな指たちが微笑んだような気がした。

ぐっすり。

綺麗な寝顔をしばらく見つめる。

こんなに美しいひとに、どうして自分は優しくできないのだろう。どうして困らせてばかりいるのだろう。

後悔しながらも、たおやかな自問の時間があった。

こんなふうでいられたらいいのに。

そのとき、キッチンでケトルが鳴った。

ということは、お湯を沸かしながら彼女は眠ってしまったのだ。彼女の帰宅はぼくよりちょっと前のことか。

ティーバッグの入ったマグカップを横目で見ながら、レンジを止める。

キッチンから戻ると、ジョーンはソファに座っていた。

「おかえりなさい」

短い睡眠だったね。

「大丈夫?」

ただいま、とは言えず、つい、そんなことばが口から出てしまう。

責めるつもりはなかったが、ケトルをかけたまま横になってしまったことが心配だった。

「ごめんなさい、居眠りしちゃって」

ジョーンは素直にそう答えた。

ぼくはようやくベージュのコートを脱ぐと、いつもの場所にかけた。

「ああ、それ、わたしが買ったコート、着てくれてるのね」

お気に入りだよ。でも、なんだっていま、そんなことを言うんだい？

「似合うわ」

「着心地がいい」

素っ気なく答える。ぼくの話はまだ終わっていなかった。

「火事になるところだったよ」

「謝ったじゃない」

「買い物に寄ろうと思ったけど、真っ直ぐ帰ってよかった」

そんなことを言うつもりじゃなかったのに、引っ込みがつかず、そのまま突っ走るぼくがいる。

「もし、あのまま寄っていたら……」

なんとか平静を保っていたジョーンも、カチンときたようだ。

「家は灰になっていただろう……って言いたいの？」

違うよ、違う。

「心配なのは、家じゃない」

きみのことだよ。

ぼくの意図は伝わったと思った。

だが、そうではなかった。

「今日は早かったんだね」

他意はなかった。いや、あったのかもしれない。とにかく、何気なく口にしたはずのそのことばがいけなかった。

「後ろめたく感じるべきかしら?」

「いや、たまたまだよ」

「わたしを監視してるんでしょ?」

鋭利な言い回し。これが飛び出すときは危険な兆候だ。

刺激しないように、ゆっくり客観的に述べる。

「きみが、バーに入るところを、見た、たまたま」

「行ったわ。今週二軒目の物件が売れたから、飲みに行ったの」

「一緒にお祝いしたかったが、きみはひとりで済ませてしまったんだね」

自分が放ったことばで、ぼくは傷ついていた。どうして、こんな言い方しかできないんだろう。

「わたしは大人の女よ」

わかってる。だが、ぼくはこう言わずにはいられない。

「陳腐な言い回しだ」

「立派な、大人よ」

立派な、という表現が、ぼくに火を点ける。

「きみはアル中だ」

「そう？　アル中が、家のローンを払ってるってことね。おかしな話だわ。あなたはどうなの？」

「なんの話だ」

「仕事を見つけないのはどうしてなの？」

「仕事ならある」

「わたしが言ってるのは、ほんものの仕事のことよ」

一瞬の躊躇があったが、彼女はつづけた。

「年収二万ドルのバイトじゃなくてね」

「いまの仕事が気に入ってる」

「そのコートを気に入ってるのと同じレベルでね」

きみがプレゼントしてくれたコートはものすごく気に入ってるよ！

「前にも言ったはずだ、いまの仕事は……」

「快適なんでしょ。やっぱりね」

「なんだよ！　なにが言いたい？」

「もう気にも留めないのね」

「だから、なんのことだよ！」

「なにもかもよ！　あなた、そこそこのところで満足してるようにしか見えない」

「なんで、これでいいとは思ってくれないんだ？　ぼくは満足している」

「自分を憐れむ時間もないくらい忙しいからよ」

「認めてくれたっていいじゃないか」

「認めるってなにをよ」

ジョーンは睨んだ。

「いつだって自分が最優先の夫を持ったってことを？　それとも、そんな夫に好き勝手をさせているわたしが馬鹿だってこと？　それなら認めるわよ！　喜んで！」

「ノースラボを辞めたほうがいいと言ったのは、きみじゃないか」

「あなたが、あそこを嫌っていたからよ」

「違う。ぼくがあそこで働くことを、きみが嫌がったんだよ」

「ねえ。ほんとうに蒸し返すつもり？」

「そんなわけないだろ？　いつだって、蒸し返すのはきみだよ」

ふたりとも止まらなくなっていた。

「辞めて三年よ。もうそろそろ仕事を見つけてもいい頃だわ」

「仕事はある」

「お願い」

「お願い、だなんて、そんな言い方はよしてくれ。仕事ならしている」

「あなたには、もっとふさわしい仕事がある。自分でもわかっているくせに」

「仕事にこじつけるのはやめてくれ」

「こじつけじゃないわ。わたしを利用しつづけているでしょ」

「きみを利用している？　ぼくがいつ……」

「数えきれないくらいあるわ」

「だったら、ひとつ挙げてみてよ」

「あなたはいつだってそう……そんなふうにひとを決めつけてかかるのよ」

「ぼくがなにをしたって？　だいたい、きみは、ぼくがきみを利用した実例を、まだひとつも挙げていないじゃないか！」

ぼくはいま、夫婦のあいだのやりとりとは思えないことば遣いをしている。

「あなたは……自分以外はどうでもいいのよ。だれかが……わたしがあなたを必要としても、あなたにはいつも、もっと大事なことがある。それは、だれかさんなのかもしれないけど」

ジョーンは、ついにそのことを口にした。

「そうくるかもしれないと思っていた」

「だから……？」

「きみがその話を持ち出さずにはいられないことはわかっていたってこと」

「あなたがそうさせるのよ」

「ぼくは……償おうと努力したんだ……」

「別に努力なんてしなくてよかったのに」

「いまもしている」

それは嘘じゃない。ほんとうの気持ちだ。

しかし、意気地なしのぼくはそれ以上、ここにはいられない。二階に向かう。

背中にジェーンの声が届く。

「ねえ、せめて、わたしの紅茶は買ってきてくれた？」

「そんなもの、自分で買えよ」

振り返りもせずに答えた。

第三章　めぐり逢い

道はなかった。

いや、見えていたはずの道は見えなくなってしまった。

けれども、途方に暮れて立ち止まるのはもう嫌だった。

だから。

「こっちだと思う。行こう」

なんの確信もないのに、彼を促した。

「いや。まだだ」

彼は動こうとしなかった。それどころか、そのまま座り込んでしまった。

　さっき、張り切りすぎたのかもしれない。彼は息切れしていた。

「まだ、行かない」

　駄々っ子のようなことばだが、声はかすれていた。その声の響きが、あらためて彼の身体のやつれ具合を気づかせる。

　ぼくは彼を見下ろしながら尋ねた。

「森にはどれくらいいる？」

「二日」

「そんな状態で？」

　彼は頷いた。

「ネクタイをくれ」

　ぼくは彼からネクタイを受け取ると、彼の傷ついた手首のために止血帯を作った。子供の頃、森にキャンプに行ったとき、父親が教えてくれたやり方で。

そして、自分のシャツを片方だけ破り、彼のもうひとつの手首に巻き付け、同じようにした。

「なにもないだなんて思うな。自分が着ているものがあるだろ。それを破けば、止血帯は作ることができる。破き方なんて簡単だ。ここをこうして一気に切り裂く。ほら、できるだろ？　傷ついたひとが目の前にいたら、そうしろ」

パパの声が久しぶりに聞こえた。

「きみが凍えてしまう」

さすが日本人だ。律儀なことを言う。たかが片腕分のことじゃないか。

「よし、これでいい」

無事、巻き終えた。

「じゃあ、上着を着てくれ」

「いや、いい。さあ、立って」

彼はなおもコートを脱ごうとする。

「着てくれ」

「上着はいらない。それより、道を見つけよう」

差し出したぼくの手を彼は握り、ぼくは彼を立ち上がらせた。

そして、そのまま歩きはじめた。

ふたりで。


三メートルほどの崖を先に登り、彼の手助けをする。

「そこに足を置いて。そこだ」

彼は軽く足を滑らせたが、なんとか言われた通りにした。

「つる草があるから、それに掴まって。見えるかな？　左のほうだ」

「ああ、見える」

「よし、そうだ。手を……」

指と指がふれると、ぼくは彼の手をぎゅっと握り、彼が登りはじめると同時に、ぐいっと引き上げた。

お互いに体力がいる。

ようやく、彼は登りきり、ぼくたちは大きな岩の上に寝そべった。

息の白さが、気温の低さを物語っている。

動悸がおさまると、ぼくは彼に語りかけた。

「なんで、ここに?」

「わたしは、別に……」

ぼくも愚問だったが、彼の答えもまた愚かだった。

回りくどい言い方はもうやめよう。

「どうして、死にたいんだ?」

「死にたくはない」

「だったら、どうして、ここにいる?」

「同じことをきみに訊きたいね」

彼は意外なほど流暢な英語で切り返した。

「やめておいたほうがいい」

それ以上は口をつぐみ、彼に答えを促した。

しばしの沈黙ののち、誠実な声が発せられた。

「死にたいから来たんじゃない。生きたくなかっただけだ」

「死にたい」と「生きたくない」。

「どう違うんだ?」

「ひどい左遷だった。辞めるしかなかった。新しい仕事を探したが、駄目だった。見つからない。それまでの半分の給料さえ、出やしない。そんな職にさえ就くことができない」

「まさか、左遷されたから死ぬって言うのか?」

さすが日本人だ。いったい、どういうことだ。仕事が人間のすべてじゃないだろう。

「仕事がないのは情けない。わたしには家族がいる。仕事がなくては、家族を養えない」

なにを言ってるんだ……

「日本の文化は、きみにはわからないかもしれないが」

それが、文化だって？

「ああ、わからないよ」

急に気分が悪くなった。彼に悪気はない。ジョーンに責められているような気がしたからかもしれない。彼は正直に答えただけだ。

「どうした？」

急に立ち上がると、よろめいた。

立ち上がったせいかもしれない。軽い眩暈がする。

彼が心配している。

「別に」

薬が効いてきたのだろう。

「さあ、行こう」

足が重くなってきた。
疲れのせいなのか。薬のせいなのか。たぶん両方だ。
木々にさえぎられた月光がときどき、顔をのぞかせる。
その明るさがむしろ、ぼくらが置かれた環境の寒さを際立たせる。
あの薬は体温も下げるのかな……
そう考えた矢先、なにかが聞こえた。
足音？
「おい、聞こえたか？」
なにかが近づいてくる音。
見えない、森の奥に、耳をすます。
彼はなにも言わない。
どこだ？　どこからだ？　どの方向からだ？
全身の神経が集中する。
あ、いま、また。

「おい！　だれか、いるのか？」

「そちら」に向かって呼びかけるが、あえなく、ぼくの声は森の穴に吸い込まれていった。

静けさを噛みしめるように彼が言う。

「だれも、いないよ」

「ハロー！　聞こえたら、助けてほしい」

彼を無視して、繰り返す。

やはり、空転。

「だから、だれも、いないんだよ」

「じゃあ、あの音はなんだ？」

説明はできない。あの音。気配の音、とでもいうべき、あの音は。

「タマシイさ」

彼にそう言われて、初めて自分の眠気に気づいた。

眠いから、こんなことになっているのか？

眠いから、こんな会話をしているのか？

「タマシイって、なんだよ……」

「霊魂だよ」

はっきりと、けれども優しい口調で、彼は答えた。

ぼくは、目をこすった。

「そんなことをしても、眠いときは眠いのよ」

ママの声が、久しぶりに聞こえた。

幼い頃、まだ眠くないと言い張り、目をこすっているぼくを、いつも母はそうなだめた。

「成仏できずに彷徨うタマシイがいるんだ」

彼は毅然とした調子でつづけた。しかし、その声には、さっきと同じように、どこかやわらかさがあった。親が子供に言い聞かせるような。

「やめてくれ……」

非現実的だ。それ以上に、そんな話は聞きたくない。こんな状況で、そんなことを諭すように言われたくはないんだ。

「ここでは、目に見えるままが本質ではないのさ」

なにを言ってるんだ……

「だから、やめてくれ、って言ってるだろう？　どうせ話をするなら、ぼくらが向かう方角はどっちか、って話にしようよ」

ぼくが、その手の話を好まないことを悟ったのだろう。

謙虚な日本人は、それ以上、自分の説をつづけはしなかった。

黙ったまま、ふたりで歩いた。

ようやく口を開いたのは、ぼくが先だった。

「音は、動物だろう」

彼は即答する。

「ここ、青木ヶ原に動物はほとんどいない」

森に動物がいないって？

「ちょっとはいるだろう？」

「熊も、鹿も、いない。鳥さえいない」

「森には動物がいる」

「鳴き声、聞こえた？」

あ。たしかに。

「いや」

「ここは……きみたちが言うところの『煉獄』さ」

彼の口から意外なことばが出た。

「なんで、ぼくらが、ここをそう呼ぶんだ？」

日本人が、煉獄のなにを知っている？

「きみは、アメリカ人だから」

ぼくは苛々していた。

「つまり？」

「神を信じているだろ？」

あんたと同じことばで返してやる。

「こっちの文化なんて、あんたにはわからないだろ？」

「ああ、わからないね」

「ぼくは、科学を教えている」

「神の存在を、科学は証明できるのか？」

日本人らしい質問だ。

「科学は、すべてに答えを出してくれる」

「でも、神については説明できないだろ？」

霊魂は信じて、神は信じない。それが日本人か。

「人間が神の創造物じゃない。神が人間の創造物なのさ」

彼はまったくひるまず問いかける。あくまでも穏やかなままで。

「じゃあ、なんで、きみは自分の命を絶つ？」

なにを言ってるんだ？

「あっちで神が待ってないんなら、だれが待っているっていうんだい？」

答えたくない。

あんたが、ぼくの、なにを知ってるっていうんだ?

「なぜ、きみは、死にたいんだ?」

黙秘権はある。

「ここには、観光で来た」

彼は、ぼくのコートのポケットに手を入れると、薬瓶を取り出した。

「これも観光用?」

「睡眠をとるのに必要だからね」

「どれくらい長い時間眠りたいんだ?」

「おい。いい加減にしてくれ。ぼくは、あんたを助けた人間だぞ」

「そうだった」

「ぼくは、あんたを助けた」

彼の手から薬瓶を奪い取ると、ぼくはひとりで歩きはじめた。

眠気は吹き飛んでいた。

「悪かった……」

しゅんとした声が追いかけてくる。だが、無視する。

「謝るよ……」

かまわず置いていく。彼の声が遠ざかる。

ひとりになると、疲れと眠気がよみがってくる。あたりはどんどん暗くなってくる。

心細くなった矢先、苔に足を滑らせ、その拍子に大きな石に躓き、体勢を立て直そうと無理をした。なにかに掴まろうとした手がようやく掴んだ小枝はあえなく折れ、身体は傾斜を滑り落ちる。恐怖に身がすくみ、思わず叫ぶ。止まることなく、小さな崖の下に落下した。激痛が走る。見ると、脇腹に、枝が一本突き刺さっている。血が流れ出ている。嘘だろ。あまりの事態に、ことばにならない声がこぼれ出る。みっともないくらいの声が。

「怪我したのか?」

上から、彼の声が聞こえる。

見上げようにも痛くてどうすることもできない。

「動けない……」

せめて、この枝を引き抜けば、自由になれるはずだ……だが、無理だ。痛すぎる。

「いま、降りていくから」

「駄目だ、来るんじゃない！」

あんたのいまの身体じゃ無理だ。

「降りられるよ」

平然とした声が聞こえる。

「来るな！　放っておいてくれ！」

虚勢を隠しながら、拒否を叫ぶ。

「きみは、わたしを、放っておかなかった」

彼はゆっくり慎重に降りてくる。見えないが、気配でそれがわかる。

気を遣っているのは、彼自身の身を案じてのことではなく、ぼくを確実に助けるためなのだということが理解できる。

彼はついにぼくのそばに降り立ち、ぼくの傷を調べはじめる。

いたたまれないぼくは、憎まれ口を叩く。

「仕事が原因だって？」

ぼくの罵声にかまわず、彼は作業をつづける。

「毎日、帰る家族があるのに、それじゃ不満だったのか？」

彼は、ぼくのシャツを開いて、傷口を露出させた。

「おい……なにをする気だ？」

ぼくの腕は、彼の肩に回された。そして、彼はぼくの身体を抱いた。

ほんのちょっと宙に浮いただけで、脇腹は猛烈に痛む。

「痛い！　いったい、なにをする気だ！」

「きみは、わたしを、見捨てなかった」

「え？」

「三つ数えるよ」

「駄目だ、やめろ……」

「一……」

「放せ！」

「二……」

「よせ！！」

「三！！」

彼はぼくの上半身を思いっきり持ち上げた。

第四章　約束

ジョーンは、ある夜以来、たびたび鼻血を流すようになった。

体調もよくない。

病院でＭＲＩ検査を受けた。

ドクター・ハワートンが言うには……

「小さな腫瘍が見つかりました。瘤のかたちで悪性かどうか見分けることができた症例があるのですが」

「ジョーンもその症例なんですか?」

「残念ながら、違います」

ジョーンはぼくよりもはるかに冷静に尋ねる。

「つまり、生体組織検査しか、悪性がどうか知る方法はないということ?」

「はい。血液検査もできますが、正確でないこともありますから」

「腫瘍そのものは、どうなっているんです?」

ぼくが訊いた。

「現在のところ、前頭葉を圧迫しています。そのせいで悪影響が出ることも考えられます」

「なら、除去したほうがいい。たとえ良性でも」

ぼくは断言した。

「そういう言い回しはなるべく使わないことにしています」

医師はそう前置きしてつづけた。

「切除するなら、腫瘍に良性もなにもありません。癌性でないことに期待しましょう。ただ、切除するとなれば――わたしは、切除を強くおすすめしますが――速やかな回復は望めません」

事態を呑み込むと、ジョーンの瞳は涙を流した。

ぼくは彼女を引き寄せ、抱きしめ、その頭にキスをした。優しく。

「大丈夫。うまくいくさ」

そう言いながら、自分の声が震えていることを知る。

「手術はどれくらいリスクが大きいんですか?」

ジョーンはこんなときもあくまで現実的だ。

「非常にデリケートな手術になりますから……」

ドクターはことばを選ぶ。

が、ジョーンはかまわずはっきり口にする。ぼくは、彼女のこういう性格が好きだ。だけど、いまは辛い。

「手術中に死ぬことは？」

真っ直ぐすぎる問いに、ドクター・ハワートンは真っ直ぐに答えた。

「ありえます」

医者ならば、必ず言うはずの次のことばが待ちきれずに、ぼくは言う。

「だが、稀だ」

ハワートン氏は同意しない。

おい、あんた、医者じゃないのか！

が、ジョーンの動揺を察して、ぼくは自分の憤りをおさえこむ。

「わかりました……で、いま、わたしは、なにをすれば……いいんでしょう?」

「これから、数日かけてご説明いたします。それから、カフェインは避けてください」

「紅茶も駄目ですか?」

「はい、そうです。煙草は吸いますか?」

「いいえ」

「それなら、いい。お酒は?」

ジョーンは答えない。

「お酒は飲みますか?」

まだ、沈黙があった。医師も、それ以上追及はしなかった。

「ええ」

か細い声が答えた。

「お酒もやめてください。カフェイン、煙草、お酒は症状を悪化させます」

ジョーンは素直に頷いた。

「手続きを進めてよろしければ、手術は腫瘍センターでおこないます。回復期に入れば、最寄りの病院に転院できますよ」

彼女は力なく首を縦に振るばかりだった。

ぼくは、それ以上、なんのことばもかけることができなかった。

そして。

いま、ぼくらはダイニングテーブルにともにいる。

「まだ食べても大丈夫だよ。手術の十二時間前まではいいと言われたんだから」

「おなか、すいてないの」

「大丈夫?」

「こわいわ」

「うん」

ぼくは、ふと目についたことを言ってみる。

「きみの椅子、壊れてるよ」

木製の背もたれが、本来あるべき場所からズレていた。

「椅子からの転落も、患者の注意項目に加えておかなきゃね」

ジョーンらしい快活さで、応じてくれた。

ぼくが、彼女の気持ちを落ち着けなきゃいけないのに、ぼくが、彼女に救われている。不甲斐ない。不甲斐ないけど、ありがたい。これまでも、ずっと、こんなふうだった。

「あんなところで死にたくないわ、アーサー」

きっぱり言った。弱々しいところはなかった。

彼女の目を見た。ぼくがよく知っているジョーンの瞳がそこにあった。

愛するひとの手をとった。優しく握った。

そして、もう一度、妻を見つめた。

「いいかい。きみは死なないよ」

「死ぬっていうことがこわいんじゃないの。死ぬって考えるからこわいんじゃないの」

彼女は繰り返した。自分を落ち着かせているみたいだった。彼女の手を握りしめる。

「あそこで……あそこで死ぬと考えるとこわいのよ。病院で死ぬだなんて。あんな寒々とした空っぽの部屋で、ただ、あそこで働いているひとたちに囲まれながら死ぬだなんて」

彼女が言わんとしていることはよくわかった。

「手術に付き添えるか、訊いてみる。ぼくは一緒にいたい。きみと一緒にいたい」

「そんなこと、させてくれないと思うわ」

「訊いてみる。とにかく訊いてみる」

わかった、ありがとう、と言うように、ジョーンは頷いた。

彼女は背もたれをさわりながら言った。

「この椅子、テーブルとセットで手に入れてから、ずいぶんになるわね」

「結婚した頃からずっとあるね」

「アパートで暮らしてた頃からよね？」

「きみの叔母さんからのプレゼントだったね……いいセンスだ」

ふたりとも、そんなことはどうでもよかった。

ただ、こんなふうに他愛のない話をつづけていられることが幸せだった。

やがてジョーンは真顔になって、ぼくの顔を見た。

「約束してほしいの」

まるで遺書のように彼女は語り出した。

「ねえ、あなたの人生なのよ。いつまでも、こんなところにいないって、約束して」

こんなところ……ジョーンは、自分がいなくなったあとのことを考えている。自分がこの世から姿を消したあとの、この家のことを言っているのだろう。そんなことは考えたくなかった。

「わかった」

そう口にするだけで精一杯だった。

「わたしは本気なの、アーサー」

わかってる。

きみはいつも本気だ。

ぼくは、きみの本気に応えることができない情けない男だった。

「アーサー……」

妻は、もう一度、夫の名を呼んだ。

「理想の場所を見つけると約束して」

理想の場所？

「そんな言い方するなんて、まるでぼくが、いつ理想の場所を見つけるか、自分でわかっているみたいじゃないか」

「あなたにはわかっていると思う。そして、こころの奥底では、わたしたち、みんな、わかっているのよ」

正直、彼女がなにを言おうとしてるのか、ぼくにはわからなかった。

「お願い」

ジョーンはもう一度、真顔で懇願した。

「わかった。約束する」

半信半疑のまま、誓った。

そして、ぼくは、胸の奥に、「理想の場所」と記し、鍵をかけた。

第五章　花

「大丈夫か?」

「疲れた」

「休もうか」

逆転。

立場が完全に入れ替わってしまった。

ぼくは彼に助けられ、彼に弱音を吐きながら、歩いている。

「いや……先に進もう」

だが、確実に視界は狭まっている。

現実的に。能力的に。

具体的に。抽象的に。

ものが見えなくなっている。

上を、空を、見る。そればかりを見ようとする。水槽の小魚のように。

ぼくたちを覆いつくす木々の隙間を見つけ、そこに目を凝らす。

「あれはどこだろう……」

「富士山じゃないか？」

「そうだな。あれを目印にできるはずだ。駐車場は山の西側だった」

「東だよ」

「たしかか？」

超然とした物言いだったのに、彼は沈黙した。

「いいや」

ぼそっとつぶやく。

いま、たしかなことはなにもないのだ。

「わからないよな」

滑落する前より、はるかに気力が抜け落ちている。

いまはただ、ひとりじゃないことがありがたい。

寒い。

指先が冷たくなっている。

ジョーンの冷たい指を思い出す。若い頃は、彼女の手を握って、よく温めたものだった。

両手に息を吹きかけ、微かなぬくもりをハンドクリームのように全体に満遍なく行き渡らせる。気休めだ。だが、行為で救われることもある。行為が、大切ななにかをよみがえらせることもある。ジョーン、ぼくの愛おしいひと。

低い響きが聞こえた。遠雷だ。

その音がなにかの合図のように、彼は「そちら」に向かって歩き出す。なにかを見つけたらしい。

「どこに行くんだ?」

ぼくは、この男の行動原理がいまだに掴めない。

心身ともに弱っているはずなのに、どこか気ままでマイペース。

謙虚なようで、おそれを知らない。

やがて彼は立ち止まると膝をついた。

追いついて、覗き込むと、彼が見ていたのは意外なものだった。

つぼみ。おそらく何らかの花の。

こんな過酷な風土でも、花は咲くのか。

高山草？　エーデルワイス？

いや、環境が違いすぎる。

ここは山ではなく、樹の海だ。

「タマシイがあの世へ行くとき、花が咲くと言われている」

男は、優然と言い放った。

違和感をおぼえたが、ぼくはなにも口にできなかった。

言い争いすらしたくなかったからだ。

「ハイ」

これで終わり、というように男は立ち上がった。

「行きましょう」

そのときの彼はまるで、この場所のガイドのようだった。

しかし、その場所をあとにしてから、男の足取りは急激に重くなっていった。

ぼくを救出したときに、残っていた体力を奪われたのかもしれない。

お互い、疲れ果てている。

こんなとき、眠ってしまったら終わりだ。

「なにか、話してくれ」

話しかけた。

「きみに?」

ああ。

「名前は?」

「タクミ」

ファーストネームなのか、苗字なのか、わからない。

「それで全部?」

「ナカムラ」

「タクミ・ナカムラ?」

「ハイ」

「ハイ」というのは、日本語で「イエス」ということなのか。

「家族のことを話してくれ」

彼には家族がいる。いまもいるのだから。

「妻の名はキイロ。頭がよくて美人なんだ」

なんてうれしそうに奥さんのことを話すんだ。うらやましくなった。

「可愛い娘もひとりいる。名前はフユ」

なのに、どうして。

ぼくは、彼の手首の傷のことについてふれた。

「それなのに、やってしまったのか」

「後悔している」

「なにを?」

「そうしないと駄目だと思ったことを」

ひどいじゃないか。奥さんも娘さんもいるのに。

「なあ！　文化が違うって話じゃなかったか？　ぼくには理解不能なことだったんじゃないか！」

思わず怒鳴っていた。

自分でも、なにに対して怒っているのか、よくわからないまま、そうしていた。

このひとは悔いている。

だったら、その告白を黙って受け取ればいいのだ。

懺悔している者を罵倒するなんて、最低だ。

「きみたちにも、わかると思う」

「そうか？」

「そう願う」

彼は冷静だ。どんなときも。

だいたい、衰弱している彼に向かってなにをやっているんだ……

「……怒鳴ってすまなかった……」

「怒鳴られても仕方がなかったんだろう」

「いや……そんなことはない……」

足場の悪い場所に出た。

木の根が渦を描き、地表を侵触している。木の枝は不気味な触手のように、伸びている。

「平気か？」

心細くなって、彼に声をかける。彼の身体を労るふりをして。

「ここの木にはぞっとする」

「ただの木だろ」

「ここには『ただの木』なんてない」

「いや、ただの木だ」

「こわいのか？」

「まさか」

「じゃ、なんなんだ?」

この男は、すべてお見通しなのではないかと思うことがある。

ぼくが考えていることが、すべてわかっているのではないかと。

今日逢ったばかりの日本人に、なぜそんなことを思うのか、自分でも不思議なのだが。

「こわくはないが……どうやら、完全に道に迷ってしまったみたいだ」

その木は、その存在そのものが迷宮のようで、だから不安になるのだ。

男は再び立ち止まった。さっき、つぼみを見つけたときのように。

「今度はなんだ?」

「水がある」

どこに?

ないよ、どこにも。

彼、いや、タクミは、脇道にはずれ、つる草だらけの小高い丘を登った。

すいすいと。衰弱しきったさっきまでの様子が嘘のようだ。

慌てて追いかける。

丘の上から歩きはじめる。

微かに水音が聞こえてきた。

どこだ？

耳をすます。目を凝らす。

「聞こえるか？」

タクミがささやく。

「ああ、たぶん、こっちだ」

「うん、そっちだね」

柔和な声だ。

やがて視界が開けてくる。その先にあったのは……

小川だ。

月光を浴びた水面が揺らめき、ぼくらを誘っている。

「あった！」

飛び跳ねる幼児のようにタクミは駆け出した。どこにそんな元気が眠っていたんだ？　目覚めたばかりの活力がきらめいていた。

追いつくと、四つん這いになったタクミは両手で水を掬い、浴びるようにむさぼっている。

「ちょっと待てよ……飲んでも大丈夫なのか？」

「わからないさ」

彼の答えは明快だった。

「だけど、今夜死ぬより、あとで病気になったほうがマシさ」

「言えてる！」

ぼくも、同じように、両手一杯の水を頬張った。顔ごと、小川に飛び込むように。脇腹の傷口も洗った。気持ちいい！

「ペットボトルにも入れてくれ」

タクミは空のボトルを水で満たした。ただそれだけのことが、とてもうれしい！

ぼくらは満たされると、小川のほとりに腰かけた。まるでなにかに守られているように、安心していた。水はライフラインである以前に、シェルターだ。水が目の前で流れていること自体がシェルターになるんだ。

「小川に沿って、下っていくといい。助けを見つけるには、それがいちばんいい方法だ」

「それは日本流の知恵か？」

「いや。ディスカバリーチャンネルでやってたよ。番組タイトルは『人間VS.自然』」

思わず笑ってしまう。タクミがジョークを口にしたのはこれが初めてではないか。いや、彼はこれまでも何度か冗談を言ってくれていたのかもしれない。だが、ぼくの頑なこころが、それを受けとめきれなかっただけなのだろう。

いずれにせよ、タクミと出逢ってから、初めて笑った。

だれかと一緒に笑えることが、こんなにも素敵なことだったなんて！

空を見上げる。

星のまたたきに祝福されているようだ。

タクミも気分がいいらしい。

日本語で鼻歌を歌っている。

日本語はつくづくミステリアスだ。

そして、この男もつくづくミステリアスだ。

さあ、行こう。ぼくたちは回復した。

「歩こう」

手を差し出すと、タクミはぼくの手を握り、立ち上がった。

小川に沿って歩いてゆく。

しかし、進むにつれて、水の流れはスピードダウンしていき、その幅もどんどん狭まってしまう。

悪い予感は的中した。小川は、あるところで、干上がっていた。

「どうしよう……」

タクミは明らかに落胆していた。小川を見つけたときのはしゃぎっぷりがまだ鮮明なだけに、余計際立つ。

だれかが辛そうなとき、そばにいる者は冷静であるべきなのだと思う。

そのことが、理屈ではわかっていても、ぼくはそんなふうに生きてきたわけではなかった。けれども、せめていまこのときは、そうありたいと思っている。

ふたりで落ち込んでいても仕方がない。

いつもは冷静なタクミがしょげているのなら、ぼくは感情的にならず、なにかしらの転換点を探し、見つけるべきなのだ。

もう一度、耳をすます。目を凝らす。こころの耳をすまし、こころの目を凝らす。身体中の神経を使って、いまぼくたちがいるエリアから、なにかを掴み取ろうとする。

理屈じゃない。意志だ。

気配を察した。

なにかがいる。

森の奥になにかがいる。

「あれは……なんだ？」

その方向を指さす。

タクミが見つめる。

「なにも……ないぞ」

ぼくは、その木の向こうで、人影が見え隠れしたように感じた。

ふたりとも、驚きのあとに安堵が訪れる。半信半疑のタクミも、この状況が変化することを期待している。

「ちょっと、すみません」

その気配に向かって声をかける。そうして、その木に近づく。

「こっちが見えたよね？　助けてほしいんだけど……」

返事はなし。

警戒しているのかもしれない。こちらも用心深く近づく。

あと、もうちょっと。

やはり、木の背後で、ひとが動いたような気がする。同時に、なにかが軋む嫌な音も聞こえた。その音は、規則的で、機械的に感じられた。

音の鳴るほう、つまり、木の後ろ側を、ゆっくりゆっくり覗き込む。

そこにいたのは……たしかに人間だった。

かつて人間だった亡き骸が、無造作に木に結び付けられた紐にぶら下がっていた。木の枝と、紐と、腐乱死体は、一体化しているように思えた。あらかじめ、三つでひとつになる運命のように見えた。

同じスピードで、同じ距離を、行ったり来たりしているその動きは、微塵も生命を感じさせず、木も、紐も、かつて人間だったそれも、全部、物にしか見えない。物が、なんの意図も漂わせることなく、ただ動いているからこそ、おそろしいのだ。

宙に浮いた、かつて脚だったそれが、前へ、後ろへと動いている。見たくもないのに、身体が硬直して、その場から離れられない。

生きものは、やがて、必ず、動けなくなる。

そんなことはわかっていたつもりだった。これまで、現実の死にも遭遇してきた。なのに、こんな原初的なかたちで見せつけられると、唖然としてしまう。

「他にも、たくさん、見たよ」

その声に、びくっとする。

固まっていた肉体に、混乱が生じる。タクミがそばにいるだなんて考えもしなかった。なぜか、彼の声が、地の底から聞こえてきたような気がした。

ただ、タクミの存在が気付け薬になり、現実に引き戻されたのもたしかだった。

死体の履いているパンツの尻ポケットにパスポートがあった。

この物体が、かつて生者だったことをたしかめたくて、それを覗かせてもらう。

「このひと、ドイツ人だ」

語りかける相手がいるからこそ、できたことかもしれない。

「いろんな国から来るよ」

そうか。日本人ばかりなのかと思っていた。

「日本、ドイツ、ロシア、フランス……もちろんアメリカからも」

ああ、ぼくのことだね。

「どれくらいの人数？」

「年に何十人も来る。みんな、生きる意志を失ったひとたちだ。決意の固いひともいれば、途中でやめるひともいる」

おそらく男だ。ぼくは「決意の固いひと」の顔を見る。

「みんな、はるばる、ここまで来るのか？」

そんなことをする外国人は自分だけかと思っていた。

「そういう運命だったのさ。国と国との距離は関係ない」

運命か。しっくりくることばだ。ほんとうにしっくりくることばには、意味にとらわれないなにかがある。運命ということばはいま、とてもしっくりくる。そして、その理由をぼくは探ろうとは思わない。

「みんな……」

そうタクミが発したとき、「みんな」にタクミはもちろん、ぼくも含まれているのだと直感した。

「みんな、この森に呼ばれて来るのさ。自分で考えて死に場所を見つけたと思っているけど……」

静寂が通り過ぎた。

「それは違う」

風が吹いた。少し強い風が。木のてっぺんを揺らす。折り重なっていた枝がわかれ、その隙間から富士山が見えた。

一瞬のことだった。

すぐに枝はもとに戻り、美しい山は姿を消した。儚くも、力強いなにかが、自分の身体に宿った気がした。

「服をいただく。手伝ってくれ」

ぼくは、タクミに声をかけた。

死者の衣服であるにもかかわらず、気持ちの悪さはまるでなかった。重ね着できることに感謝した。気温はどんどん下がっている。寒さがしのげるだけ幸運だった。

雷が鳴る。その拍子にタクミが躓き、ぼくは慌てて彼の身体を支えた。彼にふれると、疲労が極限に達しようとしていることを感じた。

「しっかりしろ」

「凍えそうだ」

「ああ。ぼくもだ」

「こんな寒さは初めてだ」

「この二晩よりもか?」

「ハイ」

「寒さをしのぐために、なにをした?」

「なにもしなかった」

タクミは震える両手を胸に押し当てた。表情は朦朧としている。

「なあ、なにか話してくれよ」

「いま、話してる」

「なんでもいい」

「え?」

「なんでもいいから話してくれ。なんで、こんなところで、スーツを着ているのか？　とか、なんでもいいから」

「仕事の面接を受けた足で、ここに来た。ようやく今月二回目の面接だったが、不採用だった」

「職種は？」

「仕事に、人生を狂わされたんだ。別の話題にしないか？」

「わかった。なんでもいいんだ、ほんとうに。話をつづけてくれれば、それでいい」

　また雷が鳴った。まるで、ぼくたちの会話をさえぎるように。

「ああ。だが、なにを話したらいいのやら」

おい、アーサー、なにを訊けばいい？　すぐに答えろ、タクミが困っているぞ。なんでもいい、とにかく質問するんだ！

「じゃあさ、さっき歌ってた歌のことを」

「歌ってたって、なにを？」

「歌ってただろ、あの小川のほとりで」

楽しそうな鼻歌だった。きみは、ほんとうは無邪気な男なのだとあのとき思ったよ。

「さあ、どうだったかな。でたらめな即興だったかもしれない」

いや、そんなはずはない。

「同じフレーズを繰り返していなかったか？　たしか、カイ、カイ、カイ……と」

「ああ、そう聞こえたんだね、たぶん、きみも知ってる曲だと思うんだけど」

「日本の歌じゃないのか？」

「いや。きみの国の歌だ」

「え？」

「ガーシュウィン」

「ジョージ・ガーシュウィン？」

「ガーシュウィンは他にはいないだろ。アメリカの、偉大な芸術家だ」

「だから、ガーシュウィンがどうしたっていうんだ」

「ガーシュウィンは、30代で亡くなっている。たしか脳腫瘍で」

脳腫瘍で？

「ガーシュウィンは、きみやわたしの年齢までは生きなかった」

「なんの話をしているんだ？」

「『I'll build a stairway to paradise』」

「いま、なんて言った？」

「曲名を言った。一度しか言わないよ」

タクミは微笑みながら、そう口にした。

「わかった。じゃあ、日本語ではなんと言うんだ？　今度はちゃんと聴く。教えてくれ」

「知りたい？」

また笑う。なぜか、懐かしさを感じる笑顔だ。

「教えて……ください」

「ハイ。教えましょう。『ラクエンヘノカイダン』」

「カイダン？」

「ああ、カイダンだ、ラクエンヘノカイダン」

雨だ。一粒、二粒が、やがて細い線になり、太い線になり、棒になり、鞭になった。冷たく、厳しく、激しい雨が降ってきた。雷は、この予兆だった。

「おい、勘弁してくれよ……」

うつむきながら、天に不平を言う。ふたりで雨宿りできる場所を探すが、当然ながらすぐには見つからない。身体がどんどん濡れていく。

「枝を取れ！」

ぼくは叫んだ！

「なんだって？」

「枝だ！」

　枝を集めてシェルターを作るんだ。

　葉のついた枝をかき集めたぼくたちは、岩と岩のあいだにそれを被せていく。一本ずつ重ねていくと、かたちは出来上がってくる。しかし、雨脚はぼくたちの作業よりもはるかに速い。

　雨の重みに堪えかねて、あえなく作りかけのシェルターは崩壊した。ぼくらを一瞬も護ることなく。

　立ち止まってはいられない。

「前へ……進まなきゃ……」

　生まれたての水たまりに足を突っ込みながら、前進する。一歩ずつ一歩ずつ。

　間もなく気づいた。タクミがいないことに。

　雨が、さらに視界をさえぎっている。

「タクミ！　タクミ！」

　その名を呼ぶ。たったひとりの叫び声よりも、無数の雨音のほうがはるかに大きい。どうしようもない現実に打ちのめされる。そのとき。

「ここだ！」

彼の声がする。が、姿は見えない。

「どこだ？」

雨の轟音のせいで、声がどこから届いているのか、うまく掴めない。

「ここ！　ここだよ！」

タクミの顔が見えた。

「はやく！　このなかへ！」

彼は小さな洞穴を見つけ、そこから顔を出していた。

洞穴は、ところどころから水が漏れてはいるが、ふたりの男を保護するには充分な環境だった。だが、タクミはがたがたと震え、もうそうするしかない、というように横たわった。ぼくは思わず「見つかってよかった」と彼の身体に腕を回した。彼は応えることもなくただ泣いている。肉体的に限界が近づいていた。

「タノム……ヒドクサムインダ……」

ぼくに向かって日本語をつぶやく。朦朧としているのか。それとも母国の言葉を口にすることで自分を保とうとしているのか。

だが、タクミ、きみの傍らにいるのは、英語しか話せないアメリカ人だ。

「ぼくたちは助かる、ぼくたちは助かる……」

このアメリカ人は同じことばを繰り返す。まるで呪文のように。

「聞いてるか？　ぼくらは助かる……ぼくらは助かる……きみを家に帰す……ぼくがきみを家に帰す……」

「キイロ……フユ……」

妻と娘の名を呼んでいる。

「わたしは、わたしは、わたしは」

タクミが呻く。息も絶え絶えだ。

「ぼくがそうはさせない。きみを死なせたりはしない」

もう、だれも、死なせたりはしない。

ぼくはタクミを抱きしめる。冷えきっている自分の身体が、それでもタクミのそれよりは温かく、彼の役に立てていられることに、小さな喜びがある。お互いがたがたと震えてはいるが、震えているということは、生きているということだ。そんなふうに言い聞かせることで、生死の境い目から距離を保つ。自分がしていることは無駄ではない。自分がいまここにいることは無駄ではない。

雨音を乗り越える別な音が聞こえる。なにかがやって来る。その存在感。

気のせいなどではなかった。おそれるひまもなかった。あっと思ったその瞬間、凄まじい量の水が洞穴に流れ込んできた。またたく間に洞穴は地面から天井近くまで水に占拠された。やっとの思いで、水面に顔を出す。わずかに残された空間で息を吸う。だが、タクミの姿がない。潜る。いた。掴む。引き摺り上げる。だが、水面と天井はみるみるうちに近づいていく。水の勢いが増す。「なにかに掴まれ！」ぼくは叫び、露出した木の根を掴む。タクミも岩に手を伸ばすが叶わず、そのまま水中に戻される。ぼくは手を伸ばす。伸ばす。伸ばす。指先がようやく到達する。その瞬間。掴んでいた根が折れる。ぼくもまた水中に。タクミを抱きしめる。這い上がる。だが、いまにも水面は天井にくっつきそうだ。もう駄目だ。ここまでか。そんなはずはない。そんなはずがない。すんでのところで水の流れ込みが止まる。ぼくたちはしばし水面近くで浮遊する。タクミはぐったりして動けない。岩が水圧に耐えかねひとつひとつ壊れてゆく。やがて壁になっていた大きな岩が丸ごと崩れ落ちる。そうして洞穴はついに決壊した。ぼくたちの身体は勢いよく運ばれていく。どこに行くのかはわからない。意志が持てる状況ではない。ぼくたちは物同然にただ押し流されてゆくだけだ。激流にもみくちゃにされながら気を失った。

放り出された記憶はなかった。地面に着地した感覚も残っていない。

痛みすらもない。目覚めたときにあったのは冷たさ。水の冷たさだけだ。最初に動いたのは手だったと思う。なにかを探しなにかを握ろうとした。だがなにも掴めなかった。だから目を開けるしかなかった。だれかを探すために。だれかを握るために。だれかを掴むために。身体が痙攣し肺から一定量の水を吐き出す。脳から信号が送られたわけではない。自然にそうなっていた。準備ができていないからむせる。むせているると意識が戻ってきた。自分の身に起こったことを徐々に理解しはじめた。助かったんだ。そしてぼくはいまひとりじゃない。どこだ。どこにいる。タクミはどこなんだ。耐え難いほど重くなった身体をなんとか動かす。タクミを見つける。そばに行く。動かない。タクミは動かない。声がすぐに出ない。絞り出す。声を絞り出せばタクミが目覚めると信じて。

「……起きろ……目を覚ませ……」

タクミの肩にふれる。

「頼むから…………目を覚ましてくれ」

ことばがおぼつかない。

小刻みに震える指で首にさわる。脈が感じられない。そんなはずはない。そんなはずがない。

「起きてくれ」

これは間違いだ。さわる位置を間違えたんだ。落ち着け。ゆっくりさわれ。慎重にさわれ。指をずらせ。探せ。見つけろ。タクミの脈を見つけるんだ。待ってるんじゃない。自分から脈を握れ。脈を掴め。「あった」感じた。脈はある。タクミは生きている。自分がやるべきことはひとつ。人工呼吸。完全に冷たくなった彼の唇に息を吹き込む。息を送るたびに彼の胸が微かに上下する。「さあ」もう一度。もう一度。何度でもするぞ。何度でもできる。「死ぬな」それ以上変化しない。タクミの身体を揺さぶる。その胸を叩く。「起きろ。起きろ。頼む。起きてくれ！」もう駄目なのか。そう思った矢先タクミの意識は戻った。そして身体に溜め込んでいた水を一気に吐き出した。

「もう大丈夫だ。ぼくはここにいる。きみは助かった。きみは生きている」

目覚めたタクミは痛がっている。怪我というより低体温症の症状だ。ぼくは彼の身体を引き寄せ痛みを忘れさせるようにささやく。

「大丈夫。ぼくたちはここを出られる。ここから出られるから」

タクミを支えて立ち上がる。重い。だが動かなければどこにも行けない。前へ行け。前に行くしかない。

遠くが少し見えてきた。テントだ。「あそこにあるぞ！　あそこに行くぞ！」タクミに語りかけることはもはや自分になにかを言うことと同じになっていた。タクミはなにも言わない。彼の足がつる草にひっかかりひっくり返る。一緒に尻餅をつく。痛い。なんて痛いんだ。タクミの足からつる草をはずす。テントがある。テントがある。あそこに行けばなんとかなる。なんとか夜をしのげる。

辿り着いたテントは想像以上に状態がよかった。その隣には焚火場もあった。

「あの！　だれか！　だれか、いませんか！」

テントのなかからの反応はない。

「助けてほしいんだ……」

タクミがようやく口を開く。

「オネガイシマス……」

日本語でなにか言っている。

返答はない。ということは。

テントのジッパーは開いている。そのままなかに押し入る。寝袋にくるまっている者がいる。「おい！　おい！」死んでいる。もう驚かない。死後どれだけ経過していようがかまうものか。いまは寝袋にもぐりこむことが先決だ。身体を温めるんだ。身体を温めるんだ。死者から寝袋を奪う。なんの躊躇もなく。このまま寝袋に入ったら逆効果だ。ずぶ濡れになった衣服をすべて脱ぐ。おぼつかないタクミの服も脱がしてやる。ふたりとも全裸になる。今度は死者の服を奪う。濡れていない服を分け合って着る。これでいい。これでようやく寝袋にくるまることができる。本がある。懐中電灯もある。人間らしい生活の一端がある。それだけでずいぶん救われる。もっとなにかあるかもしれない。もっと大事ななにかが。あった。あった。無線機だ。無線機があった。スイッチが入る。動く。動くぞ。タクミ、無線機が動くぞ。「ハロー！　もしもし！　だれか！　だれか！　だれか聞こえますか！」ノイズが漏れ出る。「ハロー！　ハロー？　ハロー？」タクミの口元に無線機を近づける。「言ってくれ。日本語で」タクミが気力を振り絞る。

「…………マヨイマシタ……アオキガハラデス。キュウジョヲ……キュウジョヲ、キュウジョヲオネガイ、オネガイシマス…………」

反応はない。だが落胆はしない。こうしてテントにいるだけでも充分幸せだ。死者の所持品をさらにあさる。煙草を発見する。煙草があるということは火があるということだ！　あった！　あったぞ！　ライターがあった！　かじかんだ手で着火ボタンを動かす。うまくいかない。ぼくの指が悪いのか。オイル切れか。接触不良か。使い物にならないか。焦るな。大丈夫だ。繰り返せ。ライターがなかなか点かないことなんてざらにある。大丈夫だ。指を動かせ。動かすんだ。

かちゃりと音がして火が点いた。

「やった！」

大急ぎでタクミの手に近づける。「さあ、手を出して」火が消える。もう一度着火。すぐに点くがひどく弱々しい。やむなくライターを消す。「火を。火をくれ」タクミが弱々しく呻く。

「点けてくれ……」

「火は必要だ……ちょっと待って！」

テントの外に飛び出したぼくは、石に囲まれた焚火場に焦げた丸太が二本あるのを確認した。テントのなかに転がっていた本を破くと、ライターで燃やし、丸太とともに焚火場のなかに置いた。


火のはぜる音が頼もしい。

雨は完全にあがった。

濡れた衣服を干すこともできる。

無線機はつけっぱなしにしている。聞こえてくるのはザーザーという音ばかり。

だが、森のどこかから、なにかが聞こえたような気がした。

「なんだ?」

タクミが問う。見回してもなにもいない。なにも見えない。ぼくの神経は過敏になりすぎているのか。

「なにか聞こえたような気がして」

彼は見ようともしなかった。

「おーい、だれかいるのか?」

森は静寂に包まれている。

炎が、タクミの顔を照らし出している。

「もう、わかっただろう……この森は」

この森は。

「すごくパワフルなんだ」

「ああ、ものすごく寒いもんな」

「コンパスは試してみた？」

死者の所持品のひとつのことをタクミは言っている。

「壊れてる」

「ここだと壊れるのさ。青木ヶ原でコンパスは役に立たない」

「岩のせいか、火山のせいだろう。鉄の堆積物のせいで、針が狂ったんだ」

「それだけじゃない」

「なんだよ。まるで森がぼくらをここに引き止めているような口ぶりだな」

「わけがあるはずだよ。きみも、わたしも、森に導かれて、やって来たように」

タクミの話は、どうしてもそこに戻ってしまう。

「じゃあさ、なんでこのひとは、こんなにたくさんの物を持って来たんだ？」

「言っただろ。決意の固いひとも、そうでないひともいるって」

「このひとは、踏ん切りがついてなかったってことか？」

頷きながらタクミはつづける。

「で、道に迷ったんだと思う。そういうことはよくあるからね」

ときどき不思議に思うが、タクミの口調は、一晩だけここで過ごした人間のそれとは思えない。悟ったような物言いは日本人の特徴なのか？タクミ個人の癖なのか？

話題を変える。いまは無理をしなくても、それが生まれる。火のおかげだ。

「じゃあ、あの紐は……」

「紐？」

「わからないか？　紐が木に結い付けてあった。森に入ったばかりのとき、見かけた」

「ああ、あれか。森に入ったひとに、帰り道を教えてやるためのものさ。そうだな、パン屑みたいなものだな」

パン屑？　そうか、あの童話のパン屑のことか。

「あの紐のなかの一本は、このひとのものだったのかな」

テントの持ち主への感謝をこめてそう口にする。

「あの紐のなかの一本は、きみのものだったのかな」

タクミがおどけて、ぼくをからかう。

ぼくもジョークで応戦する。

「ぼくは、ほんもののパン屑を使ったよ」

「きみはハンサムだね」

なにを言い出すんだ、急に。

「え？　どういうこと？」

「パン屑を使ったんだろ？　『ハンサムとグレーテル』みたいに」

ぼくは笑い出した。

「タクミ、『ヘンゼル』だよ。『ヘンゼルとグレーテル』だ」

「あ、そう、そうだね」

「まったく。なにを言い出すのかと、ひやひやしたよ」

ふたりで笑った。

「空はまだ暗いね」

「そろそろ明るくなると思うんだけど」

「もう朝かな」

腕時計を見る。

「三時十分だ」

タクミがぼくの手を見ている。彼の視線が捉えたのは結婚指輪だ。なにか言いたそうにしている。

「なんだ?」

「きみが、ここにいること、彼女は、知ってる?」

彼は勘違いしている。

「彼女って?」

ぼくは、彼女を置いて、ここに来たわけじゃない。きみとは違うよ。

「だれのことを言ってるんだ?」

そんな意地悪を言う。

「きみが、ここに来た理由は、彼女だね」

タクミははっきり、ぼくの結婚指輪を指さした。

彼は勘違いなどしていなかった。すべて、察している。

「きみ、名前は?」

「もう知ってるだろ」

言ってなかったか？　そういえば、タクミに名前を呼ばれた記憶がない。

首を振りながら、彼は言う。

「まだ訊いていないことのひとつだ」

「アーサー」

「彼女の名前は？」

「ジョーン」

「いつだ？　彼女が……」

「二週間前」

自分でも意外なほど素直に答えていた。タクミのシンプルな質問が、ぼくを素直にした。そうだ、それは二週間前に起こった。そして、ぼくはここに来るまで二週間かかった。二週間もかかったんだ。

タクミは二週間前のことにはふれずに、こんなことを言う。

「とても、充実した結婚生活だったようだね」

「いいや、そんなことはない」

正直に答えていた。なぜだかわからない。なぜだかわからないが、ぼくは涙を流していた。ついさっき出逢ったばかりの、数時間をともにしているだけの日本人の目の前で泣いていた。タクミは真っ直ぐに見つめている。だから、なにも恥ずかしくはなかった。なにもこわくはなかった。

「いつも仲が悪かった？」

「いいや。幸せに暮らした時期も長くあった。ほんとうだ。こころの底からそう思うよ。ぼくたちには、何年もそんな時間があった」

「なにが変わったんだい？」

「……ふたりとも、変わってしまった……妻は酒に溺れた。それで、ぼくに辛く当たることもあった。それはいいんだ。ぼくはもっとひどい仕打ちをしたから」

タクミは表情を変えずに、ただ話を聴いてくれている。だからぼくも、そのままつづけることができた。

「何年か前、研究所の同僚と浮気した。妻に告白しようとして、告白できなかった。ぼくが言うより前に、別なところから、ぼくの浮気を彼女は知ってしまった。それがさらに悪かったのだと思う。そこから、関係はどんどん悪化していった。妻は、以前にも増して、酒に走るようになった。離婚するかもしれないときが二回あった。彼女はもう二度とぼくを信じなかった。そして、ぼくは、そんな彼女をどうにかしようとは思わなかった。後ろめたさから、逃げていた。それが間違っていた」

「愛していた?」

「いや。言い訳にしかならないが、長くつづけるつもりなどなかった」

「違うよ。奥さんのことだ」

「これまで出逢っただれよりも愛していた」

「じゃあ、なんで、そんな女性を裏切った?」

「わからない……それは、取り返しのつかない過ちだった」

　タクミに話しながら、自分はずっと、このことをことばにしたかったのだと気づいた。だが、ぼくの浮気のことも含めて、洗いざらい話せる相手はいなかった。話したい相手もいなかった。もちろん、こんなこと、だれも聞きたくはないだろう。彼女と、ぼくを、どちらも知っているひとなら、なおさら。

　タクミだって迷惑かもしれない。だけど。話せる。彼には話せるし、話したいと思えるのだ。全部、すべて。

「そのあとは、お互い気持ちを隠していたんだと思う。ぼくは妻が寝ているあいだに、できるかぎりの雑用をしたりした。彼女には言わずに、彼女の好きな紅茶を買ったりしていた。紅茶がなくならないようにしていた。ちょっとずつ補充した。彼女に気づかれないように。たとえ気づいても、なにも言われたくなかった。そんなふうだった。妻は妻で、ぼくのシャツを黙って洗って、黙って綺麗にしていた。棚の後ろのほうに置いていた。ぼくに気づかれたくなかったのだろう。だから、ぼくも彼女に感謝は伝えなかった。きっと、彼女もそうだった。お互い『ありがとう』が言えなくなっていた。『ありがとう』を言い合うことから逃げていた。そんな、馬鹿げたゲームのようなことを、ぼくたちはしていた。ぼくたちの生活は、あるときから、このゲームだけになってしまったんだ」

ものすごくプライベートなことがらを、そのまま、なんの加工もせずに話していた。彼女とぼくのこの感覚は、きっとうまく伝わらないだろう。細やかなニュアンスを伝えるには、ぼくにはことばが足りなかったし、タクミには英語能力が足りなかった。だが、別にそれでも全然かまわなかった。ぼくは、話したいから話しているのだ。それにタクミは耳を傾けてくれている。

「そうして、妻は病気になった」

少し息つぎをした。呼吸を整える必要があった。

「何年もつづいた諍いは、突然終わった……われに返るのは、いつもそういうときだろう？　人生の転機になることが起こって初めて、自分にとってほんとうに大事なものはなにかに気づく。問題は、そのときは、来るときにしか来ないってことだ……気づくのが、遅すぎた」

涙がこんなに温かいものだとは知らなかった。

「ぼくは……妻を失ったから、ここに来たわけじゃない。悲しいから、来たわけじゃない。罪の意識から、ここに来た。あんな仕打ちをして、妻を遠ざけたのはぼくの過ちだ。妻がぼくにあんなふうに接するのもよくなかった。夫婦なんだから。でも、もう二度と、絶対に、ふたりには、謝るチャンスがない」

話し終えると、結局、脱力感しか残らなかった。

タクミはしばしの沈黙ののち、口を開いた。

「きみの声は、奥さんに届いているよ」

「妻はもういない」

「いちばん辛いときには、愛するひとがそばにいてくれる。たとえ亡くなったひとでもね」

「やめてくれ」

「奥さんのタマシイは……」

「よせ」

「きみとともにある」

「やめろ」

「それが真実なんだ」

「違う」

「森が、きみのために、奥さんを引き留めてくれている」

「やめろ！　やめろ、って言ってるだろ！」

語気を強め、凄むと、タクミは黙った。

「すまない」

「いや、いいんだ」

「わたしが悪かった。許してほしい……」

タクミの声は優しかった。そして、その声は、いつかどこかで聴いたことのある声だった。だが、いつ？　どこで？

「悪かったのは、ぼくのほうだ」

彼に謝らせてしまったことが恥ずかしい。だから、それを誤魔化すように、大声で叫んだ。森に向かって。

「悪かった！」

その瞬間、自分は謝りたかったのだと思った。ほんとうは、ちゃんと、こんなふうに謝りたかったのだと思った。

「すまない！　おーい、聞こえるか？　聞こえてるかい？　ぼくが悪かった！　ほんとうだ。すまなかった。ジョーン……どうか許してくれ……」

みっともないくらい泣きじゃくりながら、無様なことばを重ねていた。

泣くだけ泣くと、ぼくはいつもの自分を取り戻しつつあった。

ポケットから、薬瓶を取り出す。じっと見つめる。

思い出すのは、ジョーンのことばかりだ。

「妻なしで、どうやって生きていけばいいか、わからない」

「わかるときが、必ず来る」

そのことばにふと肩が軽くなる。炎のなかに薬瓶を放り投げる。

それは、ごく自然な行為に思えた。

火の勢いが微かに増した。

タクミのほうに向くと、彼の顔は少し笑っているように見えた。

第六章　さよなら

「ねえ、見てよ、この写真。この帽子、ぼくのお気に入りだったんだよ」

「なら、どこに行っちゃったの？　この帽子」

「いい質問だね」

「新調しなきゃね」

「もう、いまは流行らないんじゃないかな」

「え？　あの頃、流行ってた？　あなたが、そう思い込んでいただけよ」

「ひどいこと言うなあ……じゃあ、この写真は？　ほら、湖畔の宿に行ったよね。1998年だったかな？」

「うん、98年か、99年。この湖、すごく好きだったの。早起きして、蘭の花を摘んだわ」

「窓辺に置いていたね」

「おぼえてるの？」

「おぼえてるさ。きみが好きなときに、また行ける。行こうね」

「……うん」

「きみは、よくなる」

「ほんとは……不安なんだ」

「わかってる。でも、きみは最初のハードルを乗り越えた。それは間違いない。いい兆しがあるんだよ」

「そうだといいけど」

「じゃあさ、こういうのはどう？　ふたりで帽子を買おう」

「えー、じゃあ、わたしはあなたのこの帽子とは違う帽子でもいい？」

「いいよ。そのときは、ぼくもきみと同じ帽子を買うから」

「フリルがついていても？」

「ぼくにフリルが似合わないとでも思ってるのかい？」

彼女の病室で、ふたりで笑うことができた。いま、ぼくたちは、お互いを気遣うことができている。

そこにドクター・ハワートンが入ってきた。ジョーンのカルテを手にしている。

「やっと、検査結果が出ました」

運命の瞬間だ。

「腫瘍は、悪性ではありません」

ぼくたちは顔を見合わせるなり、抱きついた。

「ご気分は？」

「すごくいいです」

「痛みはどうですか？」

「耐えられます」

「それはよかった。では、以前お話しした通り、聖メアリー病院の回復病棟に転院していただきます」

「ありがとうございます」

「こころから感謝いたします」

ジョーンが、救急車に運び込まれる。

担架に横たわった彼女の表情は明るい。これから「治す」ために旅立つからだ。

ぼくはジョーンに携帯電話を渡した。

「これはなんのため？」

「ひとりじゃさみしいだろうと思って。妻がなかで携帯電話を使ってもかまわないですよね？」

「ええ、どうぞ」

「一緒に乗っていってもいいんだけど」

「車はどうするの？」

「あとで取りに来ればいいさ」

「駄目よ、遠すぎるもの。わたしなら大丈夫」

「ほんと？」

「うん。電話してね」

「準備完了。では、発車します」

「じゃ。またね。向こうで」

彼女の救急車を追いかける。彼女の姿は見えないが、車の後ろ姿が愛おしい。

「もしもし」

「はーい」

「今度さ、なにか面白いこと、しよう」

「わたしがなにかできるようになるまで、まだしばらくかかるわよ」

「うん。できるようになったら、なにか馬鹿なことをしよう」

「どんなこと？」

「そうだな……たとえば、スカイダイビングとか……」

「なに、それ。フリルの帽子はどうなったの？」

「もちろん、帽子も買うさ！」

「……救急車に乗るのって、変な感じね」

「救急車に乗るのは初めてじゃないよね？」

「実は初めてなのよ」

「そうなの？」

「そうよ」

「なら、一緒に乗ればよかった……子供のときもないの？」

「ないわよ。どうしたの？　どうして信じてくれないの？」

「いや、きみが言ってることを信じられないわけじゃないんだ。きみが救急車に乗ったことがないことを信じてないわけじゃなくて、もう何年も一緒に暮らしてきたのに、ぼくがそのことを知らなかったことが……信じられないんだ」

「わたしだって、あなたについて、知らないことはあるわ」

「そんなことはないだろ？」

「好きな色はなに？」

「なんだよ、それ。好きな色ってなんだ？」

「じゃ、わたしの好きな色は？」

そこまで言われて初めて、ジョーンが話していることの意味を理解した。

ぼくたちは、お互いに、知らないことが、たくさんある。

ということは……これからもっともっと、知っていけばいいんだ。

ぼくは、彼女のことを。

彼女は、ぼくのことを。

これは、はじまりだ。

新しいはじまりだ。

思わず、気のきいたフレーズが浮かび、迷わず口にした。思いっきり、明るい声で。

「やあ、ぼくの名前はアーサー。はじめまして！」

「こちらこそ、よろしく。わたしの名前は……」

そのとき、右手から、猛スピードのトラックが突っ込み、救急車は横転、黒い煙があがった。

ぼくは、車を停め、飛び降りると、救急車に駆け寄った。

ジョーン・ブレナンは、ぼくに名前を告げる前に、この世界から、いなくなった。

第七章　朝

目が覚めると、焚火場の火は消えていた。

残った灰をかき集め、もう一度、火を起こそうとするが、無駄だった。

もう燃やすものがない。ライターも完全にガス欠だった。

タクミは寝袋にくるまって、小さくなっていた。苦悶の表情のまま眠っている。ひどい顔色だ。このままにしていたら、大変なことになる。

「起きろ！　起きるんだ！　ほら、起きて！　さあ、行くぞ！」

目を開けたタクミは、しかし動かない。動けないのだ。

「ハロー！　だれか、いますか？　だれか？」

無線機に口を当てる。状況が一変していることを願いながら。

だが、雑音しか聞こえない。

紐にぶら下げ干していた服のなかから、いちばんよく乾いていたものを取り、タクミに着せる。彼の意識はいまだ朦朧として、袖に手を通させるのも一苦労だ。

「しっかりしろ」

ぼくも乾いた服に身を包み、「行こう」と促すが、まったく反応がない。

無理矢理立たせようとするが、あえなく崩れ落ちた。

彼の腰に手を回し、身体を少し持ち上げる。だが、下半身は地面に引き摺っている。テントから離れるしかない。タクミはようやく名残惜しそうに声を出す。

「駄目だよ……火を……火を……」

「すまない。火は、もうないんだ」

行くんだ。行くしかないんだ。

朝日がぼくらに光を恵んでくれている。

夜とは較べものにならないくらい暖かい。

　だが、体力は回復していない。ほとんど動けないタクミを引き摺りながら、どこまで行けるのか不安でしかない。

　無理は承知だ。だが、脇腹が痛み出す。ゆっくり、ゆっくりしか進めない。

　音だ！

　ポケットの無線機から声が聞こえる！

「ハロー！　ハロー！」

「ハロー？」

　日本人らしい英語だ。電波が弱く、聴き取りにくいが、タクミ以外の人間の声を久しぶりに耳にした。

「やった！　助けてほしい！　救助隊を送ってくれ！」

「そちらは……」

　ことばが途切れる。焦って、大きな声を出す。そうすれば、つながっていられると願いながら。

「救助を！　ぼくらは森にいる、青木ヶ原だ。そうだ、救急車を呼んでくれ！」

「いま……どこ……」

「青木ヶ原だ、道に迷った、一緒にいるひとが、死にかけている、救助を、救助を、頼む！」

「それは……ど……の近く……か……」

「え？　いま、なんて？　なんて言ったんだ？」

「……こ……で………」

「聞こえない！」

「…………」

完全に通信は途絶えた。

だが、とりあえず、つながった。もう少し歩いて電波のよいところに移動できれば、なんとかなるだろう。そのためにも、もっと前進しなくては。一歩でも。

だが、タクミはますますぐったりして、完全にぼくに身を任せている。どんどん重くなるばかりだ。力を振り絞って、進む。だが、木の根に滑り、足をひねる。激痛に思わず叫び声をあげる。タクミの身体がずり落ちる。

「行ってくれ……」

彼が呻く。

「嫌だ！」

ぼくは叫ぶ。

「きみだけなら、助かる」

息も絶え絶えのはずなのに、彼はまたもや超然とした声を発する。

「行ってくれ」

いったい、どこから、そんな説得力のあることばが出てくるのだろう。

痛めたばかりの足首をおさえながら、ぼくは抵抗する。

「ぼくが、あんたを助けるんだ」

「きみは、行かなければいけないよ、アーサー」

有無を言わせない物腰だった。

ぼくは、現実的に判断し、現実に行動することを選ぶしかなかった。

「助けに戻って来るよ」

立ち上がると、タクミは頷いた。

「きみを見捨てたりはしない。これから救助隊を呼びに行ってくる」

彼は静かに、ぼくの肩に手を置いた。

「ありがとう。気遣ってくれて」

そのことばに背中を押されるように、前を向いて歩いた。

ひとりで歩いた。

第八章　贈りもの

ジョーンの葬儀が終わった。

勝手にはじまり、勝手に終わったような気がする。

ぼくは、喪主であるらしかったが、ぼく自身はもちろん、参加しただれもが、ぼくのことを喪主だとは見なしていなかっただろう。だれかが仕切り、だれかが訪れ、だれかが帰り、だれかが片付けている。そのすべてが、ぼくとはまったく無関係に思えた。ぼくに関係あるのは唯一、棺だけだった。

葬儀場には、もう遺影さえない。棺とぼくだけがいる。

ひとりっきりになってようやく、葬儀に参列できたような気がする。

ぼくは、椅子に座って、棺を見つめていた。

「ブレナンさん?」

呼ぶ声は、葬儀を仕切ってくれていた年配の男性だ。

「あの……」

聞こえている。だが、反応する気持ちがない。金の話なら、あとにしてくれ。いま、そんな気分じゃない。

「ここは十一時に閉館します。申し訳ありませんが」

わかった。

「もう少しだけ。いいですか」

ぼくにとっての葬儀は、いまはじまったばかりだから。

「もちろんです」

きびきびと心地よい声だった。

「いい葬儀でした。奥様はとても愛されていたのですね」

うまく答えられず、黙って頷いた。

「では……」

彼が立ち去ろうとしたとき、急にさみしくなった。ひとりでいたいと思っていたはずなのに。気がつけば、ぼくはしゃべりだしていた。彼に向かって。

「ぼくは、彼女を知らなかった」

「はい？」

どうやら、この男性は驚いているらしい。そんなことにはかまわず、ぼくの口は動いている。

「妻のことを、なにも知らなかった。知ってることもあった。車両保険の満期日とか、社会保障番号とか。それらも大事なことかもしれないが、ほんとうは意味のないことなんだ」

聴いてくれなくていいよ。ただ、せめて、ここにいてほしい。お願いします。

「ぼくが知らなかったのは、妻の好きな色。そして、好きな季節。妻が好む本さえ知らなかった」

「童話でした」

すっと答えた。

驚いて、彼を見る。

「奥様のご姉妹が話していらっしゃったのを、小耳に挟みました。最近も、ご姉妹は奥様に童話の本を贈られたそうです」

どういうことなのか、さっぱりわからない。

「好きな色は……おっしゃっていなかったかな。季節も。お役に立てずすみません」

礼儀正しく、聡明な男性だった。

ぼくは、こころから感謝した。

「どうかごゆっくり」

そうしてぼくはほんとうにひとりになり、しばらくのあいだ、そこにいた。

なにも考えなかった。

自分なりに日常をこなしているつもりだった。

だが、ぼく以外の、周りのひとにすれば、ぼくはてんで役立たずのようで、どうやら、とりわけ授業は授業の体を成していないようだ。自分ではまったく実感はないのだが。

今日もオフィスで、ジョーンとの写真を見ていると、ガブリエラが訪れ、「無理することないわ」と言う。無理なんかしていない。普通にやっている。だが、普通には見えないのだろう。「休暇をとれ」と言う。「なにか食べた?」と訊くから「別に食べたくないから食べてない」と答えると、「なんでもいいから食べなさい」となにか、お菓子のような食べものを置いていった。まるで子供扱いだ。

いま、郵便屋が来て、マニラ封筒を置いていった。ひょっとしたら、これが例の本か。

ジョーン・ブレナン様。

宛先の表記を見つめる。荷物は届いたが、受取人はもういない。

ぼくのなかのときは止まっていたが、現実の時間は過ぎていた。

ジョーンが座っていたはずの、背もたれの壊れた椅子には、もうだれも座っていない。まだ、幻影は見えない。見えればいいのに。見えるほどに狂ってしまえれば、どんなに楽だろう。中途半端だ。ぼくは、どこまでも中途半端な人間だ。

だが、叱ってくれるひとは、もういない。

ずっとダイニングに座っている。

郵便屋が来てから何時間経ったのだろう。

背もたれの壊れた椅子を見ていると、あることばがよみがえった。

ノートパソコンを開いて、そのワードを、検索バーに打ち込んでみる。

戯れだ。

〈理想の場所〉

ジョーンはあのとき、そう言った。

不安で不安で壊れそうなのに、でもどうしても、ぼくに伝えたいことが、この言葉だった。

エンターキーを押そうとして、やめる。

付け加えてみよう。

戯れだ。

〈理想の死に場所〉

今度こそ、エンターを押す。

〈青木ヶ原。樹海。理想の死に場所〉

日本か。

＜富士山の麓に位置する青木ヶ原は、「樹海」としても知られる深い森。死ぬには理想の場所と形容するひとも多い。ここでは年間たくさんのひとが自ら命を絶つ。＞

自ら命を絶つ。
自ら命を絶つには理想の場所。

第九章　パラダイス

もう限界だった。

一歩も前に進めない。

突っ伏したまま、動けなくなっていた。

もはや寒さや痛みを感じる次元も超えていた。

ただ右手だけが無線機を握りしめていた。


……………ハロー、聞こえますか？


どうやら、その声は、無線機から聞こえているらしかった。

「ハロー、ハロー、ハロー」

唇を近づけ、うわごとのように繰り返した。


……………こちら、山岳レスキュー隊です。聞こえますか？

「ハイ！　聞こえます！　たしかに聞こえます！」

タクミの「ハイ」が自然に出た。

レスキュー隊員の英語はとても下手くそだったが、音声はとてもクリアだった。

……………こちら、森にいます。あなたを探しています。

「どこに？　どこにいるんだ？」

……………の、近く、で、す、聞こえ…………

遮断した！

「なに？　聴き取れなかった！　ハロー？」

レスキュー隊員の声は完全に雑音だけになってしまった。

「ここだ！　ぼくは、ここに、いる！　助けてくれ！」

できるだけ、見晴らしのいいところへ。行こう。できるだけ。行こう。

這いつくばるように、岩場に手を伸ばし、掴み、よじ登ってゆく。

自分でも、なぜ、こんなことができているのか、不思議だった。

手も、肘も、膝も、足も、目も、耳も、肌も、骨も、肉も、爪も、歯も、脳も、魂も、身体中にあるものすべてが、あらんかぎりの力を結集し、いまできることを、ひたむきにおこなっていた。

手はなにかを握っていた。

肘をなにかを支えていた。

膝はなにかのために踏ん張っていた。

足はなにかのために進んでいた。

目はなにかを必死に見つめていた。

耳はなにかを懸命に感じとっていた。

肌はなにかにたしかにふれていた。

骨はなにかに向かって歩いていた。

肉はなにかのために躍動していた。

爪はなにかを引っかいていた。

歯はなにかを噛みしめていた。

脳はなにかを思い描いていた。

魂はなにかを愛していた。

そうして、ぼくは、小高い丘の上に辿り着いた。


……………なに、見え、か？


わかった。不明瞭だが、なにを尋ねているかは、よくわかった。

まず、自分のいるところを、伝える。

「丘の上にいる、丘は、その」

ぐるりと見渡す。どこの、どんな丘だ。近くになにが見える？

ここは、どこだ？

風景に気をとられ、足を踏みはずしそうになる、その瞬間、目に入ったものがある。それは、不自然なほど真っ直ぐに、積み上がった石が、突き出た場所に、並んでいる光景だった。

そのかたちは。

「ステアウェイだ！　ステアウェイだ！　ステアウェイが近くにある！」

……………わかりません、わかりません、

「ステアウェイ」がわからないのか。

なんだ、「ステアウェイ」は、なんて言えばいいんだ？

知ってるはずだ、
思い出せ、出せ、
思い出せ……

そうだ！

「カイダン！　ラクエンヘノカイダン！　ラクエンヘノカイダン！」

ラクエンヘノカイダンだ！

タクミ、ありがとうありがとうありがとう！！！

「ラクエンヘノカイダンの近くにいる！」


……カイダン？　オイ　カイダン　ダッテ　カイダン　ッテ　ナンノコトカワカルカ？

…………カイダン？　アア　「マガリカイダン」ノ　コトダロウ

…………ソウナンシャ　ハ　「マガリカイダン」フキン　ニ　イル

第十章　ヘンゼルとグレーテル

ラクエンヘノカイダン。
そこで、ぼくの記憶は途切れている。

ぼくを救出したレスキュー隊員によれば、ぼくは登ったはずの丘の上から転げ落ちていたのだという。彼らが到着したとき、ぼくが拠りどころにしていた無線機の電池ケースは破損しており、電池は一本はずれていて、使用不能になっていたらしい。そして、ぼくは「まだいる、駄目だ、助けに行ってくれ、まだいる、駄目だ、助けに行ってくれ」とうわごとのように繰り返していたそうだ。

日本の病院はまぶしい。
アメリカの病院よりも白がキツい気がする。
壁や天井の塗装ではなく、照明のせいなのか。
あるいは、彼らと、ぼくらの瞳孔の性質の違いなのか。

だが、居心地はいい。ドクターはみんな、英語を話す。ナースもほとんど話せる。話せない娘は、その分、愛想がいい。日本の女性はみんな美しい。明るいひとも、控え目なひとも、みんな綺麗だ。ときどき、新宿駅で出逢った女性を思い出す。また違う季節にお逢いしましょう。彼女は別れ際にそう言った。違う季節ってなんだろう。

これまでは、ドクターがぼくの病室を訪れるばかりだったが、ようやく、ぼくのほうからドクターの許に出向くことができるようになった。大躍進だ。

今日は女性心療内科医の問診だ。

「なぜ、青木ヶ原に行ったんですか?」

「もう無駄だったから」

「なにが無駄だったんです?」

「前に進むことが」

「自ら命を絶つために森に行った？」

「ええ」

「まだ、死にたい？」

「いいえ」

「本心？」

「嘘をつく理由はない」

嘘をつく理由はない。

だが、だが、あのときの自分について、正直に語れば語るほど、そのあとの自分が、いかに、あのときの自分の意に反した行動をとっていたかがよくわかる。

すべてが無駄だと思っていたが、無駄なことなどなにもなかった。前に進むことは無駄だと考えていたが、森のなかで何度も何度も前進を重ねた。

「もう自分を傷つけたりしないとたしかめる必要があるんです。そうでないと退院させられません」

「ですから、本心ですよ、ドクター」

敬意をこめて、そう答えたが、逆に彼女は怪訝な顔をして、ぼくの表情を覗いた。

「奥さんが恋しいですか?」

「そんな質問するの?」

「大事なことですから」

「すごく恋しい」

「気が滅入りますか」

「そりゃそうでしょ」

「退院したら、なにをします?」

「森に戻る」

彼女はしげしげとぼくを見た。

「約束したんだ。必ず戻るって」

そうだ。約束した。タクミと約束した。

「一緒にいたというひとのことですか？」

「探さなきゃ」

「山岳レスキュー隊がもう捜索したと聞いています」

「広い森だから、見つけられなかったんだ。でも、彼はいる。ほんとうにいる」

「駐車場には監視カメラがあって」

「知ってる」

「森に入った日にあなたは映っていました。だけど、『そのひと』が入ったと、あなたが証言した日の映像を警備隊員が確認したそうですが、その日に青木ヶ原に入ったひとはひとりもいなかったそうですよ」

「入口はひとつじゃないだろ」

「そこがいちばん入りやすい道です」

「どれが入りやすい道かなんて、あのひとが気にかけていたとは思えないな。それに、日付を勘違いしていたのかもしれない。ぼく、というより、彼が。結構、長いあいだ、彷徨っていたみたいだから」

「あなたは、駐車場から入ったんですよね」

「ええ。だが、ぼくの他に、もうひとりいたのはたしかだ。彼が、いつ、どこから、入ったか。その正確なところは知らない。だけど、ぼくは彼に森で出逢った。ぼくは、彼に助けられたのに、彼を置いてきてしまった。だから、探しに行かなければいけない。わかるよね?」

「それを確認する映像はありません。そのひとの身元をたしかめることもできなければ、家族に知らせようもありません」

「タクミ・ナカムラだ。調べてほしい」

「よくある名前です」

「年齢はぼくより少し上だと思う、背格好は同じくらい、会社員だったが、左遷されて、辞めるしかなくなったらしい、なかなか次の就職先が見つからないと言っていた、今月は二回面接に臨んだが、いずれも不採用だった、キイロという美人の奥さんがいる、フユという可愛らしい娘さんがいる」

「キイロ？　フユ？」

「そう言っていた」

「ミスター・ブレナン……」

彼女の目には憐れみの情が浮かんでいた。

「ほんとうだ、信じてくれ、彼はまだ、森のどこかにいる」

「それはどうでしょう……」

「山岳レスキュー隊はテントを見つけたかな？　ぼくが最後に彼を見たのは、その近くだった。テントのなかに戻った可能性はある」

「もう……二週間になるんですよ……」

「十二日だ」

「それだけ長いあいだ、動けない状態のひとが放置されていたとしたら……考えてみてください」

「答えてくれるだけでいい。テントは見つかった？」

「ええ。でも、あなたが言う『そのひと』はいませんでした」

「………診察はこれで終わり？　ぼくは、どうなるんだ？」

「あなたはご自宅に戻るべきです。戻って、ゆっくりでいいから、ご自分の生活を取り戻すんです、青木ヶ原のことは忘れて」

「ぼくは、ここにいる。ぼくは、ここにいたい。それには理由がある。森で、あのひとに出逢った。そして、必ず戻る、と彼に言った。だから、森に行かなきゃいけない」

「ブレナンさん……」

「それが、退院したら、ぼくがすることだ」

そして、いま、ぼくは、再び、森の入口に立っている。

今度は行ったっきり、戻らないわけじゃない。帰る。だから、リールを用意してきた。そう、紐を幹から幹へとわたし、命綱を作ってゆくのだ。

まだ、身体は万全ではない。だが、なにも心配していない。ゆっくり、進む。

やがて、見覚えのある景色がひろがる。

タクミと出逢った場所だ。

あのとき、木の根元に置いたマニラ封筒はちゃんとあった。その傍らには、薬も散乱している。幻じゃなかった。あの日、あの夜、体験したことは現実だ。

封筒を手にすると、再び歩き出す。

さっきより、軽い足取りで。さっきより、強い気持ちで。

やがて、リールが尽きた。仕方がない。病院から拝借してきたメモパッドを、一枚ずつ丸めて、落としてゆく。パン屑のように。

ハンサム。ハンサムとグレーテル。タクミの照れた顔を思い出す。

だんだん、暗くなってきた。雨雲も近づいている。なのに、不安はまるでない。

テントがあった。焚火場もあった。

ここだ。この近くだ。

「タクミ！　タクミ！」

声に出さず、今度は、こころのなかで呼んでみる。

タクミ。タクミ。

彼は、きっと、ぼくが、彼を、探しているときに、すぐ後ろに立っていて、声をかけるはずだ、あの深遠な声で。

返事はなかった。

代わりに、見つけたくないものを見つけてしまった。

あのコートだ。ベージュのコート。ジョーンがぼくに贈ってくれたコート。

コートはちょうど盛り上がった状態で放置されており、その下には、だれかが眠っているように見えた。

まさか……

おそるおそる近づく。

そして、コートをめくる。

タクミはいなかった。

そこでは蘭の花が咲いていた。

封筒の中身は、たしかに童話だった。

『ヘンゼルとグレーテル』。

この物語になにかメッセージが隠されているのかもしれない。

何度も読み直した。

なにもわからない。

キイロとフユ。

タクミが残した暗号がなんなのかいつかわかる日がくるのだろうか。

わからなくてもいい。

ぼくのすぐそばにある小さな鉢植えには樹の海から連れてきた蘭の花が咲いているのだから。

エピローグ

「先生?」

「やあ、エリック、どうした?」

「いま、いいですか?」

「いいよ。わざわざ、ぼくの部屋まで来るなんて、珍らしいね」

「ちょっと前の宿題について訊きたいんですけど」

「どれどれ……こりゃ、ずいぶん前の宿題じゃないか。これをいま、訊くのかい?」

「すみません、でも、訊きたくて……」

「かまわないよ。こんな出来損ないの教師の許を訪れる生徒がいるなんて、うれしいよ」

「ありがとうございます。でも、先生のことをそんなふうに思ってるヤツはいませんよ」

「そんな、気を遣わなくていいよ。少なくともぼくが知るかぎり」

「先生、ちょっと、いいですか?」

「ん?」

「先生のデスクの上にある……」

「これかい?　いい歳して恥ずかしいけど、最近の愛読書なんだ。エリックも、読み直してみるといいよ。どうせ、子供の頃に読んでもらったっきりだろう?」

「いいえ、そうじゃなくて。机にあるメモ……ごめんなさい、見えちゃいました」

「これか?　キイロとフユ」

「ええ」

「日本語みたいなんだけど、わからなくてね。まあ、調べてもいないんだけど」

「それ、イエローとウィンターという意味ですよ」

「きみは、日本語がわかるのか?」

「ええ。父親がオキナワの基地に駐在していたので。ぼく、小学校も向こうなんですよ」

「待ってくれ。どっちも、ひとの名前じゃないのか？」

「違います。色と季節ですよ。キイロなんて名前、聞いたことないな。フユコとか、フユミって名前ならあるけど、フユだけ、っていうのは、ぼくは知りません」

「………ところで、きみは花ことばには詳しいかい？」

「ある程度。同じクラスの女子たちよりは知ってると思います。なんの自慢にもなりませんが」

「じゃ、ついでに教えてくれ」

「はい？」

「蘭の花ことばは？」

「先生、蘭って、いろんな種類があるんですよ。季節によっても、色によっても違います」

「じゃ、冬の蘭は？」

「アングレカムという蘭があります」
「その花ことばは?」

いつまでも　あなたと一緒

ジョーンが好きだったハーブティーを、いまはぼくが代わりに飲んでいる。

味わいは「黄色」。ジンジャーフレーバーなのだ。

箱のパッケージが「冬」に彩られていたことに最近、気づいた。

グレーテルとヘンゼルみたいな、女の子と男の子がマフラーを巻いて、スケートしている。

そろそろ、補充しなきゃ。

水

原作　クリス・スパーリング

脚本家／映画監督／俳優。映画「[リミット]」の脚本で米国映画批評会議賞にて脚本賞を受賞。主な脚本に「[リミット]」、「ATM」、「恐怖の人体研究所」(監督・脚本)がある。

ノベライズ　相田冬二

ライター／ノベライザー。2007年から映画、ドラマのノベライズを執筆。作品にヤン・イクチュン監督・脚本・主演による『息もできない』(ACクリエイト)などがある。通算18作目となる本作で初めてアメリカ映画を手がけた。

追憶の森

2016年4月5日　第1刷

原作：クリス・スパーリング

ノベライズ：相田冬二

デザイン：中澤耕平（Asyl）

編集：坂口亮太

発行人：井上 肇

発行所：株式会社パルコ　エンタテインメント事業部
〒150-0042 東京都渋谷区宇田川町15-1
TEL 03-3477-5755

印刷・製本：シナノ書籍印刷株式会社

"based on the film THE SEA OF TREES written by Chris Sparing"

ISBN978-4-86506-168-0 C0095
Printed in Japan

落丁本・乱丁本は購入書店を明記のうえ、小社編集部あてにお送り下さい。

送料小社負担にてお取り替えいたします。

〒150-0045 東京都渋谷区神泉町 8-16 渋谷ファーストプレイス パルコ出版 編集部

パルコシネマノベルシリーズ
好評発売中!

『女が眠る時』

原作：ハビエル・マリアス
翻訳：砂田麻美／木藤幸江／杉原麻美
ノベライズ：百瀬しのぶ

定価：1200円＋税
四六判変型　240P　並製　単行本

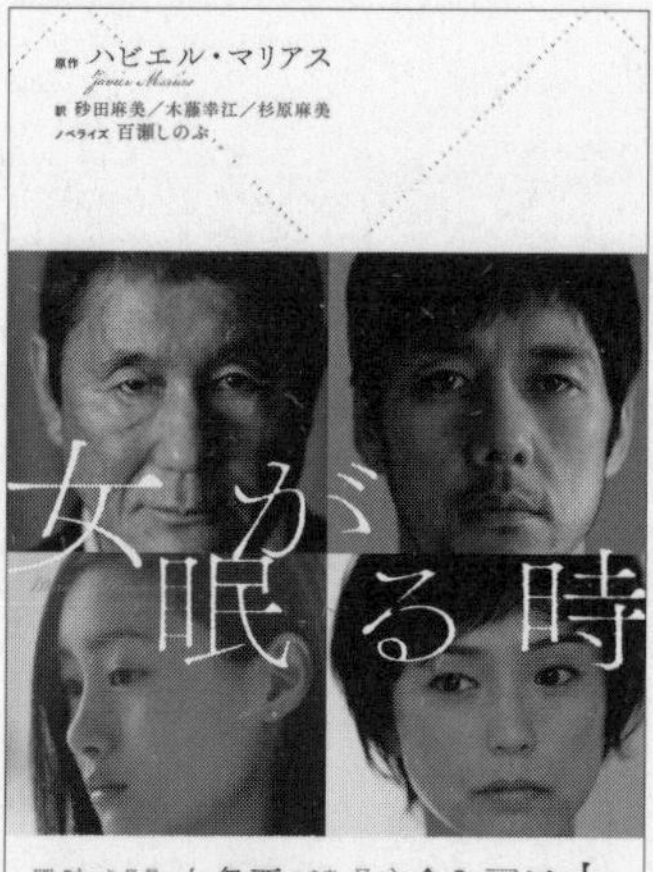

“狂っているのは、自分なのか。それとも、目の前の現実か”
若くて美しい女性と男との異常な関係、覗きへの罪悪感と止まらない好奇心…。少しずつ狂気に冒されていく男の姿を描く、セクシー・サスペンス。
映画「女が眠る時」の原作となった、スペインの著名作家による短編小説「While the Women Are Sleeping」の翻訳版と映画ノベライズを1冊に収録。